SATAN サタン 4

SEISHI KISHIMOTO

SELON UN SAGE, LA « BÊTE » A UN NOMBRE QUI LA CARACTÉRISE. CE NOMBRE EST UN NOMBRE UTILISÉ PAR LES HUMAINS. CE NOMBRE EST
LE 666
L'APOCALYPSE SELON SAINT JEAN : LE NOUVEL ÉVANGILE, PREMIER PARAGRAPHE
666 SATAN
SPIRITS
LE SPIRIT EST L'ÉNERGIE INTÉRIEURE QUI CIRCULE DANS LE CORPS DE CERTAINES PERSONNES APPELÉES O.P.T. PLUS CETTE ÉNERGIE EST PRÉSENTE DANS LE CORPS, PLUS L'O.P.T. EST PUISSANT
O-PARTS
CE SONT LES RESTES D'UNE ANCIENNE CIVILISATION DISPARUE, ET QUI POSSÈDENT DES POUVOIRS EXTRAORDINAIRES. ON PEUT EN DÉCOUVRIR DANS LES DIVERSES RUINES DE CETTE CIVILISATION. SELON LA PUISSANCE DE CES O-PARTS, ON LES CLASSE EN SEPT CATÉGORIES, DE E À SS
EFFECT
L'EFFECT EST L'ÉNERGIE QUE RENFERME L'O-PARTS. LORSQUE L'O.P.T. LIBÈRE SON SPIRIT, IL ACTIVE L'O-PARTS ET EN LIBÈRE L'ÉNERGIE, APPELÉE EFFECT
O.P.T.
LES O.P.T. SONT DES PERSONNES CAPABLES D'ACTIVER ET DE LIBÉRER L'ÉNERGIE CONTENUE DANS LES O-PARTS ET AINSI D'EN UTILISER LES POUVOIRS. LE TERME D'O.P.T. EST L'ABRÉVIATION D'O-PARTS TACTICIENS

PRÉSENTATION DES PERSONNAGES

HÉROS DE CETTE HISTOIRE, IL EST UN O.P.T. QUI RÊVE DE CONQUÉRIR LE MONDE. IL EST TRÈS PUISSANT MAIS ON NE SAIT RIEN SUR SES ORIGINES ET SEMBLE PORTER UN SECRET EN LUI. IL POSSÈDE UN O-PARTS DU NOM DE ZEROSHIKI DONT L'EFFECT EST DE MULTIPLIER L'ÉNERGIE.

RUBY EST UN CHASSEUR DE TRÉSORS. ELLE A LA FACULTÉ DE POUVOIR LIRE ET DÉCHIFFRER LES ÉCRITURES DES ANCIENNES CIVILISATIONS. ELLE FIT LA CONNAISSANCE DE JIO DURANT SON PÉRIPLE POUR TROUVER L'O-PARTS LÉGENDAIRE.

C'EST L'APPARENCE DE JIO LORSQUE CELUI-CI SE TRANSFORME SOUDAINEMENT. IL POSSÈDE UNE PUISSANCE INCROYABLE ENTOURÉE DE MYSTÈRES.

IL EST LE GRAND GÉNÉRAL DES FORCES GOUVERNEMENTALES. IL SE DIT POSSÉDER LA PUISSANCE DE DIEU. C'EST UN O.P.T. TRÈS PUISSANT ET QUI A DEUX VISAGES. SON BUT EST DE TRAQUER ET D'ÉLIMINER SATAN !

O-PARTS : JUSTICE (CLASSE C)
EFFECT : ? - ? - VENT - ? - ?

IL EST UN JEUNE RÉSISTANT QUI VIT DANS LA CITÉ D'ENTOTSU. TRÈS DYNAMIQUE, IL VOUE UN CULTE AUX PERSONNES DE TYPE O.P.T.

666 SATAN
4

TABLE DES MATIÈRES

CHAPITRE 14 : DEUX CONTRE UN

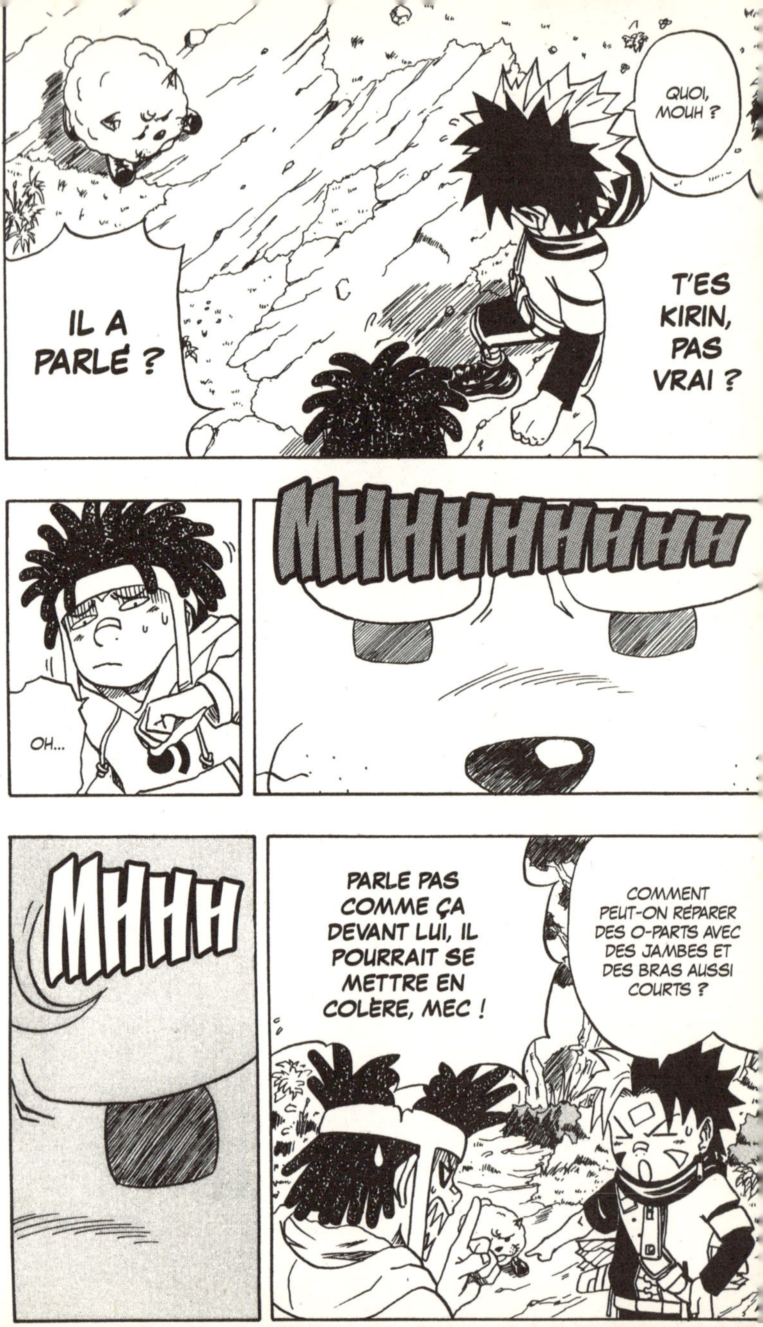
QUOI, MOUH ?
T'ES KIRIN, PAS VRAI ?
IL A PARLÉ ?
MHHHHHHHHHH
OH...
COMMENT PEUT-ON RÉPARER DES O-PARTS AVEC DES JAMBES ET DES BRAS AUSSI COURTS ?
PARLE PAS COMME ÇA DEVANT LUI, IL POURRAIT SE METTRE EN COLÈRE, MEC !
MHHHH

PARDONNEZ-LUI, IL N'A JAMAIS SU TENIR SA LANGUE
HMMPF
HAHAHAHA
NE SERIEZ-VOUS DONC PAS LE CÉLÈBRE EXPERT EN O-PARTS, LE GRAND KIRIN ?
NOUS SOMMES TRÈS FIERS ET HONORÉS D'AVOIR PU FAIRE VOTRE RENCONTRE, MEC
NOUS NE SOMMES PAS VENUS POUR UNE EXPERTISE, MAIS PLUTÔT POUR UNE RÉPARATION...
HMMM ?
BON SANG, CE SERAIT BIEN LUI...
LA RUMEUR S'EST FOUTUE DEDANS COMPLÈTEMENT, CE N'EST PAS UN HUMAIN...

TAGADAP
PONG
ROUL
MAÎTRE KIRIN, MAIS OÙ ALLEZ-VOUS ?
JE SUPPOSE QU'IL NOUS DEMANDE DE LE SUIVRE... ALLONS-Y !
ATTENDS-MOI, MEC !

ALLEZ, AVANCE, BALL !
RHAA
NHA...
AHA
AHA
HEY, OUBLIE PAS QUE JE NE SUIS PAS UN O.P.T., HEIN ?!
MAÎTRE KIRIN, ATTENDEZ-NOUS !

CRAC
OUAAHHH !
ENCORE UNE ÉPREUVE ?
TAP

SCHL
AAKK
ALCOOL
TAP
TAP
BADABAM
BADABAM

OOL
HMPFF !
VOUS AVEZ FAIT FUIR LE POISSON À CRIER AINSI !
HMM ?
HMM
ALCOOL
PLIC PLOC

ÇA ALORS,
JE N'AVAIS PLUS REÇU DE VISITE DEPUIS CELLE DU VIEUX ZECKT... ÇA FAIT COMBIEN D'ANNÉES DÉJÀ... ?
ET DES GAMINS EN PLUS !
MAIS COMMENT T'AS FAIT, MEC ? COUPER UN ROCHER EN DEUX AVEC UNE SIMPLE CANNE À PÊCHE ?!!
CE SERAIT UN O-PARTS ?
IL N'A MÊME PAS ÉTÉ TREMPÉ PAR L'EAU DE LA CASCADE...
QUI ÊTES-VOUS ?
ON M'APPELLE "CELUI QUI EST CAPABLE DE COUPER UN ROCHER EN DEUX AVEC SA CANNE À PÊCHE" !
C'EST QUOI CE NOM !
ALORS, "CELUI QUI EST CAPABLE DE COUPER UN ROCHER EN DEUX AVEC SA CANNE À PÊCHE", J'AURAIS UNE QUESTION À VOUS POSER
TAP
TIP
OH, MAÎTRE KIRIN, VOUS VOILÀ DE RETOUR ?!

TAP
ESPÈCE DE CLÉBARD MINABLE, TU ES ENCORE EN TRAIN DE T'AMUSER AVEC MA PIERRE À FERMENTATION HEIN ?
HMMM ?
Y A PAS DE "HMMM" QUI TIENNE !
CLÉBARD MINABLE
CLÉBARD MINABLE
CLÉBARD MINABLE
MAIS ALORS, TU...
HUM ?

JE ME NOMME KIRIN...
L'EXPERT EN O-PARTS !
KIRIN ?
ET LUI, C'EST MON CHIEN, JAJAMARU
HMMM
HMMM EST SA FAÇON D'ABOYER
TU PARLES D'UNE MANIÈRE D'ABOYER... JE DEVRAIS LUI PRÉSENTER ZÉRO, OUI...
HAHAHA
HAHA
MAIS C'ÉTAIT ÉVIDENT QUE CET ANIMAL NE POUVAIT ÊTRE KIRIN. JE LE SAVAIS, HAHA...

TIENS, AU FAIT, KIRIN A PARLÉ D'UN CERTAIN ZECKT... JE ME DEMANDE OÙ J'AI DÉJÀ PU ENTENDRE CE NOM...
HMMM
BIEN, SI NOUS ALLIONS MANGER
JE VIENS DE PÊCHER DEUX BEAUX POISSONS FRÉTILLANTS...
SUPER !
VENEZ
J'AI UNE FAIM DE LOUP
GROUII
ÇA ALORS, MAIS LA RUMEUR ÉTAIT FAUSSE...
NON SEULEMENT IL NOUS SAUVE, MAIS EN PLUS, IL NOUS OFFRE À MANGER ! TROP BIEN !
MALGRÉ LEUR JEUNE ÂGE ILS ONT SANS ENCOMBRES TRAVERSÉ TOUS MES PIÈGES... VOILÀ QUI PEUT S'AVÉRER INTÉRESSANT
POC

MHH ?
EXCELLENT, VRAIMENT !
VOUS NE MANGEZ PAS ?
LES DEUX POISSONS, C'ÉTAIT UNIQUEMENT POUR VOUS DEUX, HEIN ?!
ET NOUS ON DOIT SE CONTENTER DE PETITS CORNICHONS !
CRAC
CRAC

LA RUMEUR ÉTAIT JUSTE...
CE TYPE EST FRANCHEMENT EXCENTRIQUE TENDANCE CHELOU...
CRAC
MES LÉGUMES SAUMURÉS SONT LES MEILLEURS DU MONDE !
LES JEUNES D'AUJOURD'HUI NE SAVENT PLUS CE QUI EST BON !
BON, PUISQUE C'EST COMME CELA,
JE NE VOUS EN DONNE PAS PLUS ! QUE L'UN D'ENTRE VOUS REMETTE CETTE PIERRE SUR LE FÛT DE MES LÉGUMES !
MAIS DIS-MOI...
TU N'ES VRAIMENT PAS DU GENRE SYMPA, TOI !
PIERRE, FEUILLE, CISEAUX !
SVOUSH
MINCE,
POURQUOI JE TREMBLE, MOI ?
RELOU, C'EST TOUJOURS SUR MOI QUE ÇA TOMBE !

OUAAAAAAHHH !
MAIS C'EST GRAVE LOURD CE TRUC !
LA HONTE BALL... T'ES SÛR QUE C'EST SI LOURD ?
MIAM MIAM
MM ?
OUAH, ELLE EST DEVENUE SUPER LÉGÈRE !
SVOUSSHHH

FIIUUUU
FOUIT
LA REVOILÀ !
BLAAASH !
HEUREU-SEMENT, MES CORNICHONS SONT INTACTS
JE N'AVAIS PAS ENCORE TERMINÉ MON REPAS, ANDOUILLE !
ROUL ROUL
MAIS POURQUOI FAUT TOUJOURS QUE CE GENRE DE TRUCS M'ARRIVE À MOI ?!

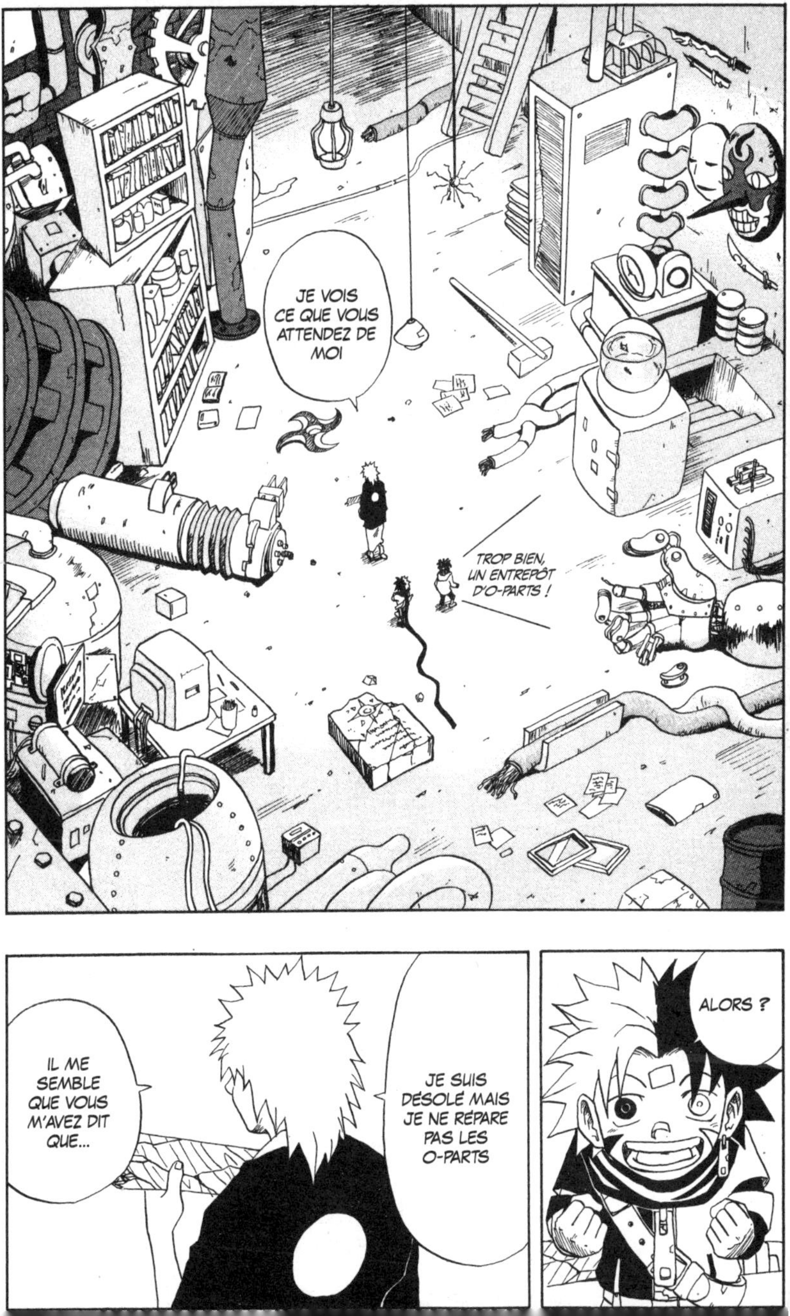
TROP BIEN, UN ENTREPÔT D'O-PARTS !
JE VOIS CE QUE VOUS ATTENDEZ DE MOI
ALORS ?
JE SUIS DÉSOLÉ MAIS JE NE RÉPARE PAS LES O-PARTS
IL ME SEMBLE QUE VOUS M'AVEZ DIT QUE...

VOUS VOULIEZ DEVENIR PLUS FORTS ?
POUR QUELLES RAISONS ?
PARCE QUE...
JE VEUX QUE MON RÊVE SE RÉALISE !
ET MOI, C'EST PARCE QUE JE VEUX POUVOIR ENTRER DANS LA RÉSISTANCE ET DÉLIVRER MA VILLE ET MES PARENTS !

GRAT GRAT
ZUT, MOI QUI N'AVAIS PAS ENVIE DE BOSSER...
C'EST D'ACCORD, JE VAIS RÉPARER TON O-PARTS !
MAIS EN ÉCHANGE, VOUS ALLEZ DEVOIR JOUER AVEC MOI
HEIN ?
!?
MES JEUX SONT LOIN D'ÊTRE FACILES...
MÊME POUR DES O.P.T. ! MAIS SI VOUS NE VOULEZ PAS JOUER, VOUS POUVEZ REPARTIR...
HEY, JE SUIS PAS UN O-P-T., MOI ! J'AI AUCUNE CHANCE DE RÉUSSIR COMME JIO !
TU VEUX FUIR ? JOUER SEUL N'EST JAMAIS AMUSANT, TU SAIS ?
T'ABUSES !
RÉPARER POUR RÉPARER N'EST VRAIMENT PAS AMUSANT NON PLUS...
ET SI J'Y METTAIS MA PETITE TOUCHE... ?

ALORS, À QUOI ON JOUE ?
JE SUIS SUPER NERVEUX, MAN !
CELA VA ÊTRE FASTIDIEUX, IL S'AGIT D'ÉTUDIER LES O-PARTS
MAIS ON ÉTUDIE OU ON S'AMUSE ?
ÉCOUTEZ !
ARME
CLASSE
LA CLASSE D'UN O-PARTS DÉPEND GÉNÉRALEMENT DE SA PUISSANCE EN TANT QU'ARME MAIS AUSSI...
EN ÉTUDIANT LA PUISSANCE DE L'EFFECT. LES DEUX COMBINÉS PERMETTANT AINSI DE DÉTERMINER LA CLASSE DE L'O-PARTS
EFFECT

MAIS LA PLUPART DES EXPERTS LE DIRONT,
TANT QUE LA DIFFÉRENCE DE CLASSE N'EST PAS ÉNORME, CELLE-CI N'A PAS VRAIMENT D'IMPORTANCE
C'EST ASSEZ RARE, MAIS...
UN O.P.T. QUI MANIE BIEN SON O-PARTS ET QUI SE SENT BIEN AVEC LUI, MÊME SI SON O-PARTS EST DE CLASSE PLUTÔT FAIBLE...
PEUT, EN FONCTION DE L'ADVERSAIRE, DES CONDITIONS DE COMBAT ET D'AUTRES FACTEURS DIVERS, RÉUSSIR À BATTRE DES O-PARTS DE CLASSE SUPÉRIEURE !
COMME LA CLASSE NE DÉPEND PAS SIMPLEMENT DE LA PUISSANCE DE L'O-PARTS...
IL Y EN A DONT ON NE PEUT DÉTERMINER LA CLASSE
VEUILLEZ NE PAS L'OUBLIER !
...
REUSSITE
JE VOIS...
GRATT'GRATT
MEMO

LA VÉRITABLE PUISSANCE DE L'O-PARTS DÉPEND AUSSI...
DE LA PUISSANCE DU SPIRIT DE L'O.P.T. LUI-MÊME !
BIEN SÛR, TANT QUE LA DIFFÉRENCE DE CLASSE N'EST PAS VRAIMENT TRÈS ÉLEVÉE
CH'UIS SÛR QUE ÇA VA TOMBER À L'INTERRO !
REUSSITE
GRAT GRAT
...
BON, FINI DE PARLER, PLACE À L'ACTION !
IL EST TEMPS DE JOUER !

ENFIN, JE ME DEMANDAIS QUAND ON ALLAIT COMMENCER ?!
PREMIER JEU...
LA CHASSE AU JAJAMARU !
CRRRR
C... C'EST SÉRIEUX ?
ZZZ

PRISON SOUTERRAINE DE LA CITÉ D'ENTOTSU
AMIDABA, COMMENT SE FAIT-IL QU'UNE O.P.T. AUSSI PUISSANTE QUE VOUS,
RESTE CROUPIR DANS CETTE PRISON ?
J'AI MES RAISONS EN FAIT...
NE T'INQUIÈTE PAS. JE VAIS RAPIDEMENT...
... TE FAIRE SORTIR D'ICI
OH !
...
AMIDABA, VOUS ALLEZ BIEN ?
BON SANG...

ZUT...
LES ÉVÉNEMENTS SE PRODUISENT PLUS VITE QUE PRÉVU !
HEIN ?
BIEN...
JE CROIS QU'IL EST TEMPS DE...
RUBY, ÇA TE DIRAIT DE SORTIR AVEC MOI ?
HEIN ?
MAIS ON VA D'ABORD TE TROUVER DES VÊTEMENTS PLUS... APPROPRIÉS
!?

ON DOIT CAPTURER JAJAMARU ?
EXACTEMENT
VOUS POUVEZ EMPLOYER TOUS LES MOYENS NÉCESSAIRES POUT ATTRAPPER CET IMBÉCILE DE CLEBS
ZZZ
C'EST TOUT ? ÇA NE DEVRAIT PAS ME PRENDRE LONGTEMPS
HAHAHA
MOI, MA SPÉCIALITÉ C'EST PLUTÔT D'ÊTRE POURSUIVI...

NE CROYEZ PAS QUE CE SOIT AUSSI FACILE. ÇA RISQUE DE VOUS PRENDRE PLUSIEURS JOURS !
PAF
HOU !
GRRR
J'AI OUBLIÉ DE VOUS PRÉCISER DEUX PETITES CHOSES...
DEUX PETITES CHOSES ?
LES ENVIRONS SONT TRUFFÉS DE PIÈGES
GLOUPS
ET LA DEUXIÈME CHOSE...
FLAP

SVOUSH
TAP
HMMM
MIAM
TAP
SCHTAK
BROUOO
C'EST QUE JAJAMARU ÉTAIT UN O.P.T. !!

HEY, IL DÉGAGE PLUS DE SPIRIT QUE JIO !!
LE SQUELETTE DE CE LOUP EST UN O-PARTS, ET SON EFFECT EST DE LUI DONNER UNE VITESSE DE DÉPLACEMENT...
EXTRA-ORDINAIRE !
UN LOUP... UN SQUELETTE EN O-PARTS... UNE VITESSE DE DÉPLACEMENT SUPER RAPIDE...
ZÉRO !!
JIO, QUE T'ARRIVE-T-IL ? ON DIRAIT QUE TU AS VU UN FANTÔME...
OUI !
QUE LE JEU COMMENCE !
P...
PRÊT ?
J'Y ARRIVERAI JAMAIS, MEC !

CLONG
BIEN...
ALCOOL
ALCOOL
GLOU
C'EST PARTI !
BRROOOOOO
ATTENDS, TU VAS VOIR !!!
SVOU
SHH

RRRRRR
PROUT
?
BROOOOO

JE ME DEMANDE COMBIEN DE JOURS ÇA VA LEUR PRENDRE...
BON, JE VAIS ALLER M'EN REVERSER UN P'TIT EN ATTENDANT...
GRATT
GRATT
SVOUSHHH
ATTENDS UN PEU, SALE CLÉBARD !
GRRRR
ZOUIP
ZOUIP

VLAN
JE VOIS, CE GROS ROCHER EST UNE PLANQUE !
ALLONS-Y !
L'IMBECILE, IL NE SORTIRA PAS D'ICI !
CRRIIIII
VLAN
TU ES À MOI !

BZZZZZZ
OUAH, IL FAIT NOIR, JE N'Y VOIS RIEN !
COMMENT ÇA "BZZZZZ" ?
OUAÏE, DES GUÊPES ! AÏAÏAÏE ! HEY, OÙ EST LA SORTIE !!?
AÏE !
BZZZZZ
TAP TAP
BZZZZZ
YAAHAAAAA
CE CRI ! ON AURAIT DIT LA VOIX DE JIO !
J'AI DÛ ME TROMPER...
RHAAAAAA
PLAF
PLAF
AHA
AHA

LA SALE BÊTE !
OH, LE VOILÀ !
IL NE POURRA PAS UTILISER SA VITESSE S'IL VEUT TENIR EN ÉQUILIBRE SUR CETTE CORDE
C'EST MA CHANCE !
JE VAIS T'AVOIR, MAN !
GOUISH
GOUISH

OH !
OUAHHH !
SCHTAK
OUF, C'ÉTAIT JUSTE !
ZOUIP
FUIII
FUIIII
TCHAC
OH...
NON, IL VA PAS...

PROUT
PROTCH
DÉSOLÉ POUR TOUS LES LECTEURS QUI SERAIENT À TABLE À CE MOMENT-LÀ
COMMENT T'ABUSES !
RAH, ÇA FOUETTE TROP !
OUAAAHHHHHHHH
PLAFF
...
BRRRR

EH BIEN, VOUS ABANDONNEZ DÉJÀ ?
AHA
AHA
OH ÇA VA, ON FAIT JUSTE UNE PETITE PAUSE...
PLAF
PLAF
ZZZ... ZZZz...
UNE PAUSE...

JE T'AURAI LE PREMIER !
NON, C'EST MOI !
ZZZZZ
SVOUSH
PAF
SVOUSH
JE T'AI EURGH...
BONGK
JE T'AIRGH
HMM ?
JE CROIS...
... QUE VOUS AVEZ OUBLIÉ QUELQUE CHOSE D'IMPORTANT !
HEIN ?
...
VOUS N'AVEZ PAS PROGRESSÉ DEPUIS TOUT CE TEMPS !
AÏAÏAÏE !
OUILLE !
PLAF
PLAF

VOUS ÊTES DEUX...
CONTRE UN !
SI VOUS NE VOYEZ PAS CE QUE JE VEUX DIRE, VOUS POUVEZ REPARTIR D'ICI !
GRATT GRATT

ZZZZZZ
HMM?
HMM?
ZZZZZ
FLAP

HMEMMMOI HMAMMY
(RAMÈNE-TOI, BABY)
CE TRUC MARCHERA JAMAIS !
ZWIP
FLASH
IL VIENT... CE CHIEN EST VRAIMENT STUPIDE !
TU VAS NOUS PAYER TOUT CE QUE TU NOUS AS FAIT...
SUBIR DURANT CES DERNIERS JOURS !
IL FAUT DIRE QUE J'AI DU STYLE, AUSSI...
CLING
MAINTENANT !

CLAP
L'ATTAQUE DE LA PINCE DE CRABE !
SWOUSH
ZOUIP

WOUCH
FLAP FLAP
T'AS BEAU ÊTRE SUPER RAPIDE, SI TES PATTES NE TOUCHENT PAS UNE SURFACE, ÇA NE TE SERT À RIEN !
L'ATTAQUE DE LA PINCE DE CRABE DEVAIT OBLIGER JAJAMARU À FUIR VERS LE HAUT
ATTAQUE DE LA PINCE DE CRABE !!
ET JIO L'ATTENDAIT CACHÉ DANS L'ARBRE !

JE T'AI EU,
JAJAMARU !

OHHHHH
ON T'A EU, MON VIEUX !
YES !
JE VOIS...
... QUE VOUS AVEZ BIEN SAISI LE SENS DE DEUX CONTRE UN !
VOUS AVEZ SU ANALYSER LA SITUATION ET TROUVER LE POINT FAIBLE DU DÉPLACEMENT DE JAJAMARU,
AFIN DE LE BLOQUER. C'EST CE QUE JE VOULAIS DIRE LA DERNIÈRE FOIS PAR "BATTRE UN O-PARTS DE CLASSE SUPÉRIEURE"
BIEN, JE PENSE QU'IL EST TEMPS...
DE PASSER AUX CHOSES SÉRIEUSES

CHAPITRE 15 :

LE JEU DU BATTEUR !!

WOUUUUSH
DÉPÊCHEZ-VOUS !

CRII
CLANG
C'EST QUOI CETTE PIÈCE ?!
OUAW !
ENTREZ !

ELLE EST TRUFFÉE DE PETITS TROUS
ON DIRAIT UN GROS PLANÉTARIUM
IL N'Y A QUE DES PIÈCES BIZARRES CHEZ TOI...
IL Y EN A ENCORE COMBIEN COMME ÇA ?
ENVIRON UNE CINQUANTAINE...
C'EST MOI QUI AI CONÇU CETTE CHAMBRE ...
ELLE EST TRUFFÉE DE PIÈGES...
... AFIN QUE JE PUISSE M'AMUSER
GLOUPS

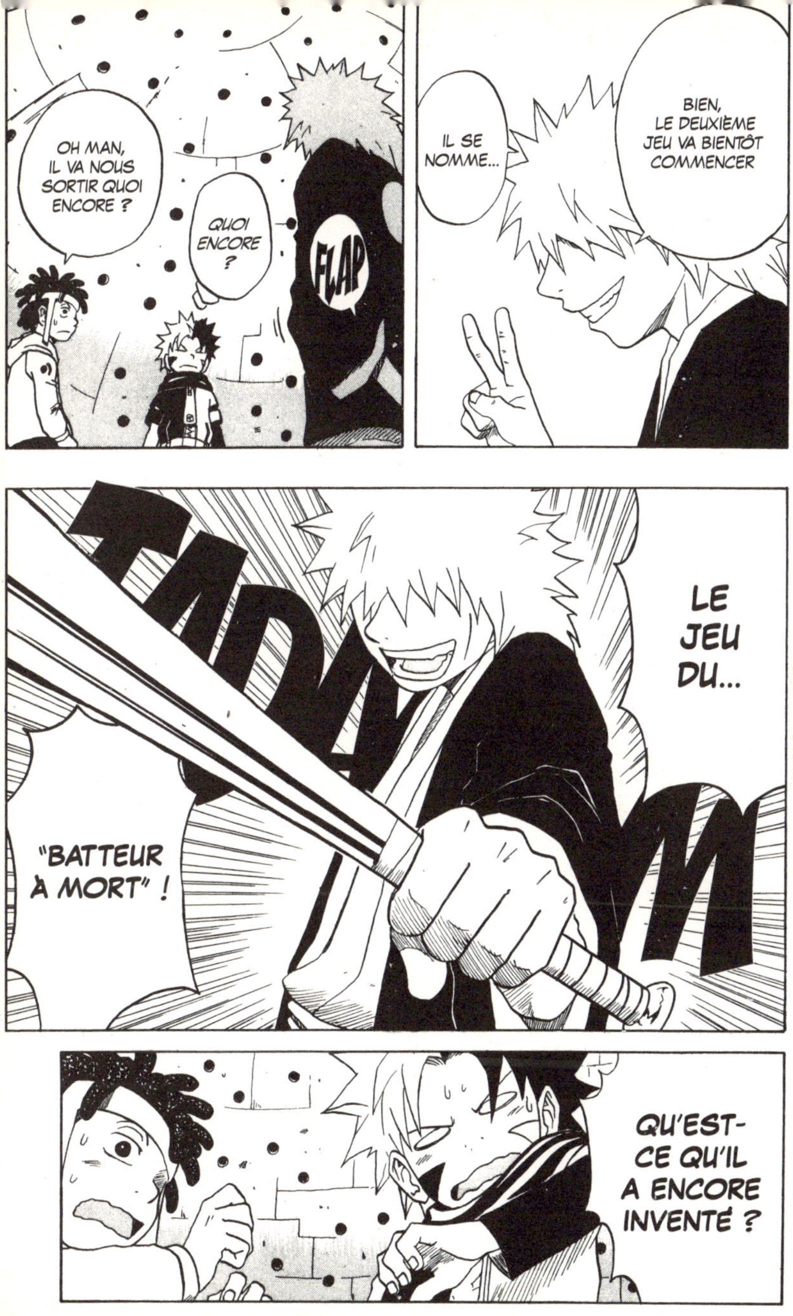
BIEN, LE DEUXIÈME JEU VA BIENTÔT COMMENCER
IL SE NOMME...
FLAP
QUOI ENCORE ?
OH MAN, IL VA NOUS SORTIR QUOI ENCORE ?
LE JEU DU...
"BATTEUR À MORT" !
QU'EST-CE QU'IL A ENCORE INVENTÉ ?

TOUT D'ABORD, VOUS ALLEZ ENFILER CES SACS LÀ-BAS
HMM ?
JE VOIS QU'IL AVAIT TOUT PREVU !
CHACUN DES SACS PÈSE 30 KILOS. DÉPÊCHEZ-VOUS DE LES ENFILER
OUAG, MAIS...
ARGH ?
ON VA COM-MENCER PAR TOI,
JIO
MAIS...
CETTE BATTE EST SUPER LOURDE !
ET MOI, J'AI PAS DE BATTE, MEC ?
NON, BALL. J'AI ÇA POUR TOI !
SCHWAC

OÙ VEUX-TU EN VENIR ?!
HEY J'VOIS PAS OÙ C'EST PARFAIT, MOI !!
PARFAIT !
HEY, QUE...
HEIN ? SANS BLAGUE ?
DE TOUTE FAÇON, APRÈS C'EST JIO QUI PRENDRA TA PLACE
NE T'INQUIÈTE PAS, LORSQUE TU TE SERAS HABITUÉ À CE JEU, TU TE SENTIRAS MIEUX,
CROIS-MOI !
EXACTEMENT, TU VAS DEVOIR UTILISER TA BATTE...
ET JE SUPPOSE QUE JE VAIS DEVOIR...
... RENVOYER DES BALLES AVEC MA BATTE, C'EST CELA ?
TU CROIS QUE C'EST AUSSI SIMPLE, MEC !

POUR LE PROTÉGER !
SINON, ÇA NE SERA PAS DRÔLE !
C'EST QUOI, CE JEU DU "BATTEUR À MORT", À LA FIN ?!
DÉSOLÉ, JE SUIS PAS DU GENRE À ME RÉPÉTER
GLOUPS
JE VAIS NÉANMOINS TE DONNER UN CONSEIL. LORSQUE TU FRAPPERAS, FAIS-LE BIEN AU MILIEU DE LA BATTE !
LE JEU COMMENCERA DÈS LORS QUE JE SERAI SORTI DE LA PIÈCE
VLAN

TOTOC
TOTOC
TOTOC
TOTOC
PANG

JIO, QU'EST-CE QUE TU FOUS ? JE ME SUIS FAIT AVOIR, MAN !
PFLUIT
JE ME DISAIS BIEN QUE CES TROUS ÉTAIENT BIZARRES...
UNE PIERRE ?!
ROUL
ROUL
DA
OUARGH !
EN VOILÀ UNE AUTRE !
OH !!!
SCHI
ET VOILÀ POUR TOI !
CONCENTRE-TOI ET FRAPPE AVEC LE CENTRE DE LA BATTE !

CLIN
OUARGH !!
NGGG
OUARGH !!
J'AI BIEN FRAPPÉ LA PIERRE
ET POURTANT, J'AI MAL AUX MAINS !
JIO, DÉPÊCHE-TOI DE REPRENDRE LA BATTE ET DE TE METTRE EN POSITION !
PFUIT
PFUIT
AÏE
AÏE
TOUS LES TROUS DE CETTE PIÈCE VISENT EN DIRECTION DU CENTRE DE LA PIÈCE
JE SUIS DEVENU UNE VÉRITABLE CIBLE VIVANTE !
MINCE, MA MAIN ME FAIT MAL...

PENDANT CE TEMPS-LÀ, DANS LA PRISON SOUTERRAINE D'ENTOTSU
J'AVAIS PRÉVU DE REVÊTIR CE COSTUME AU MOMENT DE M'ÉVADER D'ICI
"LA BELLE PLUME FAIT LE BEL OISEAU" !
UN HABIT DES FORCES GOUVERNEMENTALES...
PARFAIT, ON VA POUVOIR SORTIR D'ICI !
ELLE AVAIT VRAIMENT L'INTENTION DE S'HABILLER COMME ÇA ?
JE SUIS TOUTE ÉMUE...
JE N'AVAIS PLUS CONNU ÇA DEPUIS L'ÉPOQUE OÙ J'APPARTENAIS À L'ATAC !
ON SE CONCENTRE ET ON Y VA !
OK !
SPIRIT ACTIVÉ !

SHOUW
CCRRINGG
SHOUW
CCRRINGG
EFFECT ACTIVÉ !
EFFECT ACTIVÉ !
SPIRIT, PUISSANCE MAXIMALE !
BIEN !
OUAW, IMPRES-SIONNANT !
TAP
SUIS-MOI, RUBY !
PLAF
COMMENT EST-CE QUE JE PEUX VOUS SUIVRE, JE NE VOUS VOIS MÊME PAS !
HEIN ?
ÇA ALORS, ELLE A DISPARU !
PSCCHHTT

OH, MAURO !
J'EN PEUX PLUS...
PLAF
ALLEZ, AVANCEZ !
AHA
AHA
AHA
SWOUSH
PAF
ESPÈCE DE LARVE, CE N'EST PAS L'HEURE DE SE REPOSER !
AHA
AHA
AHA AHA
QUOI ? TU OSES TE REBELLER CONTRE LE GOUVER-NEMENT ?!
ÇA VA ?
OUI...

ÉVIDEMMENT, SI TU RÉSISTES, TU SAIS CE QU'IL ARRIVERA AUX AUTRES GAMINS, N'EST-CE PAS ?
D'ACCORD, C'EST TOI QUI RECEVRAS SA PUNITION EN ÉCHANGE
CET ENFANT A DE LA FIÈVRE ! LAISSEZ-LE SE REPOSER UN PETIT PEU
VOILÀ CE QUI ARRIVE AUX REBELLES,
ET C'EST CE QUI ARRIVERA AUSSI À LA RÉSISTANCE !
AHA
AHA
AHA
AHA
HÉHÉ
CETTE VILLE FINIRA PAR CHANGER...
LEADER...
NE VOUS INQUIÉTEZ PAS !

PENDANT CE TEMPS, DANS LE PALAIS DU GOUVERNEUR
CELA FAIT MAINTENANT CINQ ANS QUE J'AI ENTENDU PARLER DE CE DIEU DESTRUCTEUR...
ET VOILÀ QU'ON L'A ENFIN LOCALISÉ. NOUS SOMMES SUR LE POINT DE LE RÉVEILLER, MAIS IL NOUS RESTE ENCORE UN PROBLÈME À RÉGLER, CELUI DE LA RÉSISTANCE !
NE VOUS EN FAITES PAS POUR ÇA, JE M'EN CHARGE
JE N'EN DOUTE PAS. MAIS QU'IL NE RESTE PAS UN SEUL SURVIVANT !
ON DIT QUE CELUI QUI CONTRÔLE MEKISHIS PEUT DEVENIR L'ÉGAL DE DIEU !
GUHUHU... UN DIEU... QUELLES DOUCES PAROLES...
HÉ HÉ HÉ
GLOUP
PLUS PERSONNE NE POURRA S'OPPOSER À MOI ! JE DEVIENDRAI L'ÉGAL DE DIEU !
GLOUP

CLINNGGG
CLONG
TU ES VRAIMENT UN INCAPABLE ! BARRE-TOI D'ICI ! EUH NON, RESTE !
TU PARLES D'UN JEU ! KIRIN, TU N'ES QU'UN MONSTRE, UN DÉMON !
OHHHHH
AHA
AHA
JE N'AI PLUS DE FORCE ! TANT PIS, L'IMPORTANT EST DE NE PENSER À RIEN D'AUTRE QU'À RENVOYER LA BALLE...
PANG
LA VOILA !
ET TOI, REMETS-TOI EN POSITION, LA PROCHAINE PIERRE NE VA PAS TARDER À ARRIVER !
GRRR

WOUUUUU
PFF
JIOOOOO!
TU VAS T'Y METTRE SÉRIEU-SEMENT... DIS ?
HOP !
ZWIP

CLINNGG
OH !
ÇA ALORS, CETTE IMPRES-SION...
JE ME SENS MIEUX...
C'EST INCROYABLE, ET JE N'AI MÊME PAS LES MAINS QUI TREMBLENT...
MAIS ALORS...
AHA
AHA
TU AS RÉUSSI À LA RENVOYER ! TU AURAIS COMPRIS LE TRUC ?
TOUT D'ABORD, IL EST INUTILE DE SERRER LA BATTE TROP FORT...
IL FAUT QUE JE M'IMAGINE TENIR DÉLICATEMENT UN ŒUF

BANG
LA VOILÀ !
SHU
JE DOIS TROUVER LE BON TIMING AU MOMENT DE FRAPPER !
ZWISH
ET Y METTRE DE LA FORCE AU DERNIER MOMENT !
J'AI RÉUSSI !
JE SAIS COMMENT FAIRE ! JE ME SENS VACHEMENT MIEUX, MAINTENANT !
...
OUAW, TU AS MÊME RÉUSSI À BRISER LE CAILLOU, MEC !

ALLEZ, JE SUIS PRÊT, MAINTENANT !
ZAF
FUUUUUU
OOH, JE CROIS QUE JE VAIS DEVOIR ME DÉPÊCHER, MOI AUSSI...
J'AI ENTENDU UNE RUMEUR...
J'ESPÈRE QUE JIO ET MON FRÈRE VONT BIEN

IL SEMBLERAIT QUE LES JEUNES DE LA RÉSISTANCE PRÉPARENT QUELQUE CHOSE...
TU PARLES,
À CAUSE D'EUX, LES CONTRÔLES SONT DEVENUS ENCORE PLUS SÉVÈRES !
DE TOUTE FAÇON, ILS NE POURRONT JAMAIS RIEN FAIRE CONTRE LES FORCES GOUVERNEMENTALES
PAPA... MAMAN...
NE VOUS INQUIÉTEZ PAS, MARY... BALL
PAPA ET MAMAN VONT JUSTE TRAVAILLER, À BIENTÔT !

TU VERRAS MARY, CETTE VILLE REDEVIENDRA CE QU'ELLE ÉTAIT...
NOUS FERONS EN SORTE QUE ÇA REDEVIENNE COMME AVANT !
PAPA ET MAMAN SONT MALADES DES POUMONS...
MAIS MOI, JE LE SAVAIS. J'AVAIS VU TOUS LES MÉDICAMENTS SUR L'ÉTAGÈRE
ILS FERAIENT MIEUX DE PAS JOUER AUX P'TITS SOLDATS, OUI !!
CE SONT DES GAMINS EN PLUS, ILS SONT CONDAMNÉS D'AVANCE !
NOUS SOMMES DES INSTRUMENTS...
POUR CREUSER DES TROUS ET RIEN NE CHANGERA JAMAIS !
ON EST TOUS BONS POUR CREVER ICI, COMME ESCLAVES DU GOUVERNEMENT !

IMBÉCILES !
VOUS ÊTES TOUS PAREILS LES ADULTES !
C'EST POUR ÇA QUE LES CHOSES NE CHANGERONT JAMAIS !
QU'EST-CE QUE TU RACONTES, GAMINE ?
JE SUIS UNE GAMINE ET ALORS ?!
VOUS VOUS PLAIGNEZ QUE RIEN NE CHANGE, MAIS VOUS NE FAITES RIEN POUR !
AU MOINS, LA RÉSISTANCE ESSAIE DE FAIRE CHANGER LES CHOSES, ELLE ! ILS SONT BIEN PLUS RESPECTABLES QUE VOUS !

OUINNNN !!!
PAPA, MAMAN, BALL !
ELLE EN A DU CRAN, CETTE PETITE...
OUAIS...
WHOUUUUU
CLONG
CLONG
CLANG

TADAAANNN
PFUIT
PFUIT
ESSAIE AU MOINS...
... DE TOUCHER LA PIERRE AVEC LA BATTE...
AHA
AHA
MAIS DIS-MOI, TU NE FERAIS PAS EXPRÈS DE RATER, QUAND MÊME ?!
PFUIT
OUI, MAIS AVEC STYLE !
MINCE, IL A COMPRIS...
AHA
AHA
JE TE L'AI DÉJÀ DIT DES CENTAINES DE FOIS...
RELAX D'ABORD, PUIS TU METS DE LA FORCE JUSTE AU MOMENT DE FRAPPER !
ESSAIE DE VISER AVEC LE CENTRE DE LA BATTE !
AHA
AHA
TU PEUX PARLER, CETTE BATTE ET CE SAC À DOS SONT SUPER LOURDS !

PANG
SCHIUUUUUU
ATTENDS DE TE RETROUVER À MA PLACE AU PROCHAIN TOUR ET TU VAS COMPRENDRE TA DOULEUR !
RHAAA, BALL !
GRRRR
PAF
WISH
OUARGH !
OHHH !
SHO
USH
OUF... C'EST PAS VRAIMENT CE QUE J'AVAIS PRÉVU AU DÉPART...
MAIS BON
CLONG
GRR
GRR
C'EST AINSI QUE LES DEUX AMIS, TOUT EN SE DISPUTANT, FIRENT DE LEUR MIEUX POUR ÉVITER UNE NOUVELLE SÉANCE AU POTEAU
J'EN PEUX PLUS...
AHA
AHA
PLAF

C'EST AINSI QUE QUELQUES JOURS PLUS TARD, APRÈS AVOIR COMPRIS LE "TRUC", LES DEUX COMPÈRES PURENT COMPLÈTEMENT MAÎTRISER LE JEU DU BATTEUR
YEAH !
YO !
MIEUX, ILS EN PROFITÈRENT MÊME POUR TROUVER DES VARIANTES POUR FRAPPER ET RENVOYER LES PIERRES
À GENOU, STYLE COUREUR !
SANS REGARDER !

CRAAACC
CRIIIII
COUPE NINJA NO JUTSU !
ATTENTION AU MORCEAU DE CAILLOU !
HMM ?
C'EST CLAIR !
CELUI-LA, IL EST POUR LUI ! ♪
VAS-Y TOUCHE !

SSHHHTTTT
HEIN ?
J'AI LA BERLUE OU QUOI ?
CLING
CLING
JE VOIS QUE VOUS AVEZ FAIT PAS MAL DE PROGRÈS...
BON...
MAIS BON SANG, QUI EST CE TYPE, À LA FIN ?
COMME VOUS EN AVEZ TERMINÉ AVEC CE JEU,
LE SUIVANT EST...

COMMENT ÇA ? ENCORE ? JUSQU'À QUAND TU VAS JOUER AVEC NOUS ?
TU T'AMUSES AVEC NOUS POUR FAIRE PASSER LE TEMPS, C'EST TOUT !
TES ENTRAÎNEMENTS N'ONT AUCUN SENS !
NOUS SOMMES VENUS ICI POUR FAIRE RÉPARER MON O-PARTS, PAS POUR ÊTRE TES PETITS JOUETS !!
BON ALLEZ,
SUIVEZ-MOI !
MHHH?
HEIN, MOI AUSSI ?

TROISIÈME ÉTAGE DE LA MAISON DE KIRIN
C'EST QUOI, CE SAC NOIR ?
PLUS TARD ! ÉCOUTEZ-MOI !
BALL, JE DOIS DIRE QUE TU ES QUELQU'UN ...
D'ASSEZ "SPIRIT" UEL...
HEIN ? ÇA VEUT DIRE QUOI ?
TOUT SIMPLEMENT QUE TU ES UN O.P.T. !
GLO S
HMM ?
HA
HA
HAHAHA, C'EST PAS TRÈS SYMPA DE ME DIRE ÇA. VOUS VOULIEZ VOIR MA RÉACTION, C'EST ÇA ?
JE NE PLAISANTE JAMAIS !

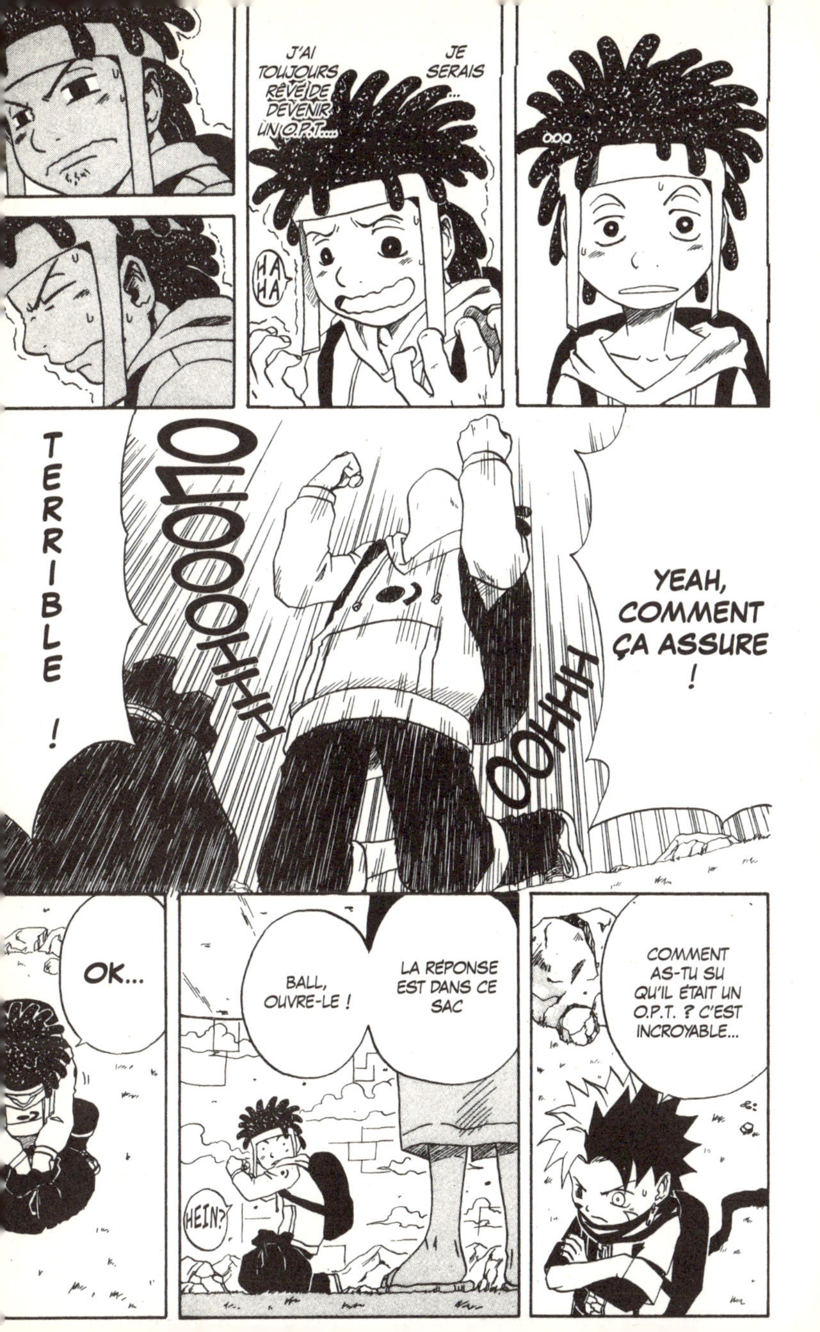
JE SERAIS ...
J'AI TOUJOURS RÊVÉ DE DEVENIR UN O.P.T....
HA HA
YEAH, COMMENT ÇA ASSURE !
OOHHH
OOOOOHHHH
TERRIBLE !
COMMENT AS-TU SU QU'IL ÉTAIT UN O.P.T. ? C'EST INCROYABLE...
LA RÉPONSE EST DANS CE SAC
BALL, OUVRE-LE !
HEIN?
OK...

MAIS C'EST LA PIERRE POUR...
COUVRIR LES CORNICHONS ?
HMMM
HA HA HA, C'EST DONC ÇA TON CADEAU
HAHAHA
NE TE MOQUE PAS, JIO. CETTE PIERRE EST UN O-PARTS...
DE CLASSE C, COMME LE TIEN !
HIH
...
JE L'UTILISAIS COMME ÇA POUR COMPRESSER MES LÉGUMES DANS LE VINAIGRE,
MAIS CETTE PIERRE POSSÈDE DES POUVOIRS EXTRAORDINAIRES
LORSQUE TU AS LANCÉ CETTE PIERRE EN L'AIR... SACHE QUE CELA NE T'AURAIT PAS ÉTÉ POSSIBLE SI TU N'AVAIS PAS ÉTÉ UN O.P.T. !
OUAH, ELLE EST DEVENUE SUPER LÉGÈRE !

C'EST POUR CELA QUE TU AS PARTICIPÉ À TOUTES LES ÉPREUVES DE JIO...
PARCE QUE C'ÉTAIT...
UN O.P.T. ... ?
EXACTEMENT ! VOUS AVEZ PARTICIPÉ À MES PETITS JEUX QUI ÉTAIENT EN FAIT...
DES SÉANCES D'ENTRAÎNEMENT DESTINÉES À DES O.P.T. !
POURQUOI NOUS AVOIR ENTRAÎNÉS MALGRÉ NOUS DANS CE CAS ?
J'AI VU BEAUCOUP DE GENS SE PERDRE DÈS QU'ILS SONT ENTRÉS EN POSSESSION D'UN O-PARTS
N'OUBLIEZ PAS QUE VOUS M'AVIEZ DIT QUE VOUS VOULIEZ DEVENIR PLUS FORTS...

LE BUT DU PREMIER JEU ÉTAIT DE VOUS FAIRE UTILISER VOTRE TÊTE ET VOTRE SENS DU MOUVEMENT
C'EST LA BASE DES ENTRAÎNE-MENTS
ZZZ
ET LE DEUXIÈME JEU ?
C'ÉTAIT POUR APPRENDRE À UTILISER VOTRE SPIRIT
APPRENDRE À UTILISER NOTRE SPIRIT ?
BROOO
SPIRIT ACTIVÉ !
EN EFFET, VOUS ÊTES CAPABLES DE LIBÉRER VOTRE SPIRIT, MAIS...
MAIS VOUS N'ÊTES PAS ENCORE CAPABLES DE NE FAIRE QU'UN AVEC VOTRE O-PARTS, ET DONC IL VOUS MANQUAIT QUELQUE CHOSE...

LE POINT LE PLUS IMPORTANT EST QUE LORSQUE L'ON UTILISE LONGTEMPS SON SPIRIT, ON EN PERD BEAUCOUP...
ET DONC, ON SE FATIGUE BIEN PLUS VITE, AMENUISANT L'ÉNERGIE DE L'O.P.T. ET DE SON O-PARTS. DONC, CE QU'IL FAUT C'EST UTILISER AU BON MOMENT LA QUANTITÉ NÉCESSAIRE DE SPIRIT
ZOUN
LORSQUE VOUS RÉUSSIREZ CELA, VOUS POURREZ BIEN UTILISER VOS O-PARTS
C'EST CE QUI DIFFÉRENCIE LES O.P.T. PUISSANTS DES SIMPLES AMATEURS
LORSQUE VOUS FRAPPIEZ LES PIERRES AVEC VOTRE BATTE, VOUS APPRENIEZ À TROUVER LE BON TIMING
FAITES DE MÊME AVEC VOTRE SPIRIT ET VOUS VERREZ QUE VOUS SEREZ BEAUCOUP PLUS À L'AISE QU'AVANT

MAIS POURQUOI NOUS AVOIR ENSEIGNÉ TOUT CELA ?
...
LA RÉPONSE EST SIMPLE...
J'AVAIS RIEN D'AUTRE À FAIRE
BRILLE
BRILLE
DITES, DITES...
C'EST QUOI L'EFFECT DE CET O-PARTS, MEC ?
J'EN ÉTAIS SÛR...
ON AURAIT MIEUX FAIT DE PAS DEMANDER...
ATTENTION, TU ES EN TRAIN DE PERDRE TON CALME, ÇA RISQUE DE GÊNER TON SPIRIT

TU DOIS D'ABORD CALMER LES DIVERS SENTIMENTS QUI HABITENT TON CŒUR. ENSUITE LIBÈRE TON SPIRIT...
NE RÉFLÉCHIS PAS TROP... ESSAIE DE NE FAIRE QU'UN AVEC TON O-PARTS...
OK...
HAAAAAA
CLING
PAPA, MAMAN, REGARDEZ-MOI !
SPIRIT ACTIVÉ
SHHHH

ÇA Y EST, J'AI RÉUSSI, MAN !
TROP CONTENT
IL N'EST PAS TRÈS PUISSANT, MAIS C'EST NORMAL AU DÉBUT
HMMPF
TENDS TA MAIN DROITE ET ACTIVE L'EFFECT DE TON O-PARTS
COMME ÇA ?
FLAP

ZZZT
EFFECT ACTIVÉ !
SCHTAC
SNIF
SUPER TROP CONTENT
HMPF
ALORS, ELLE N'EST PAS SI LOURDE, N'EST-CE PAS ?
COMMENT ÇA SE FAIT ?
PARCE QUE C'EST TON SPIRIT QUI LA SOULÈVE À TA PLACE
ET QUEL EST SON EFFECT ?

LE MAGNÉTISME !
CET O-PARTS EST COMME UN AIMANT, IL A UN PÔLE NORD ET UN PÔLE SUD
VISE DONC CE GROS ROCHER !
D'ACCORD !
TU PEUX AGIR COMME UN AIMANT TOI AUSSI ET AINSI INVERSER LA POLARITÉ DE TON CORPS
N
S
N
N
SITUATION ACTUELLE →
ON Y VA !
HMMM ...
SWOUSSHHH

BADAM
OUAH !
JE LE VEUX !
OUAH, C'EST GÉNIAL !
PSCHHHH
PSCHHHH
CRAAC
CRAAC
JE VAIS LA RAPPELER !
HMMMMM
NON, ATTENDS !

YO, LA REVOILÀ ! ♪
SWOUSH
OUARGH
PAA
TU DOIS TE TROUVER PRÈS DE L'O-PARTS AVANT DE LE RAPPELER...
SINON, TU DOIS INVERSER LA POLARITÉ AFIN DE LE FAIRE RALENTIR,
OU ALORS TU RISQUES D'EN MOURIR !
PSHHH
TU AURAIS PU LE DIRE AVANT...
JIO, C'EST À TON TOUR !

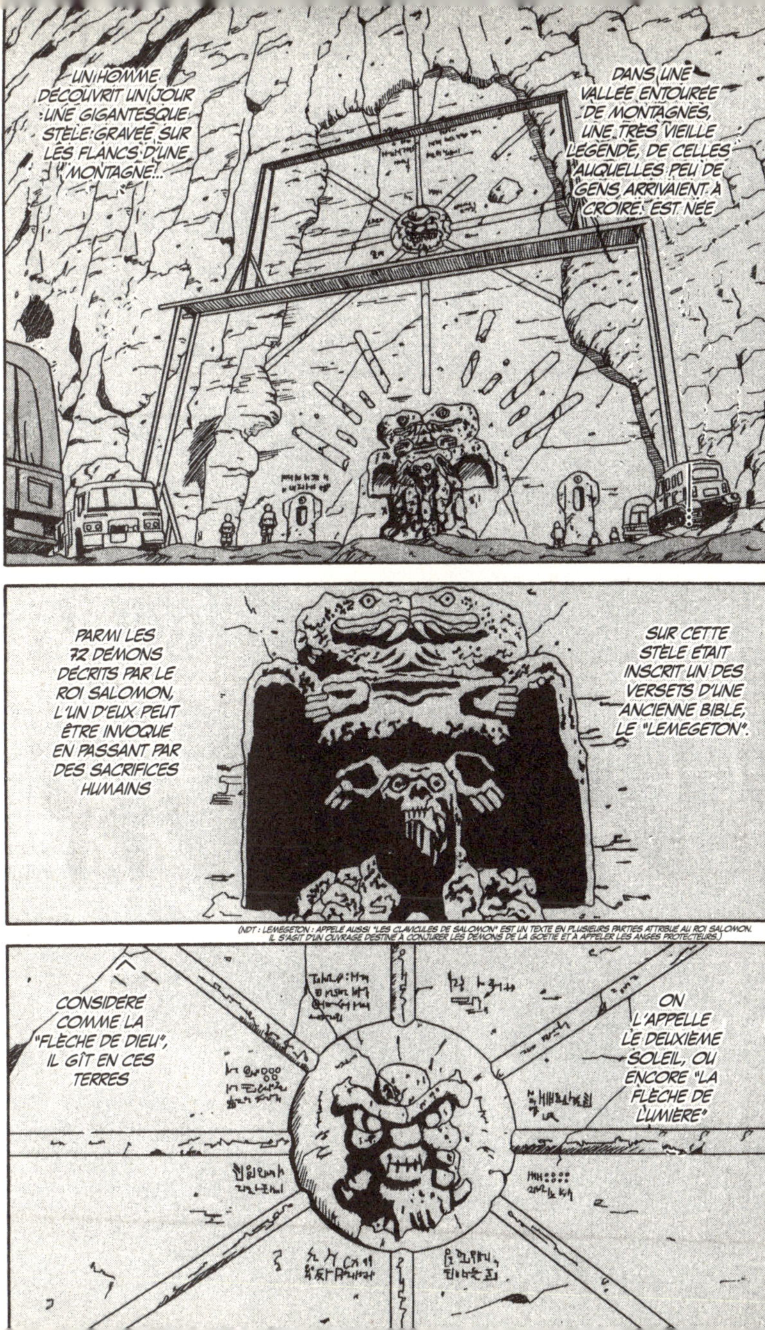
DANS UNE VALLÉE ENTOURÉE DE MONTAGNES, UNE TRÈS VIEILLE LÉGENDE, DE CELLES AUQUELLES PEU DE GENS ARRIVAIENT À CROIRE, EST NÉE
UN HOMME DÉCOUVRIT UN JOUR UNE GIGANTESQUE STÈLE GRAVÉE SUR LES FLANCS D'UNE MONTAGNE...
SUR CETTE STÈLE ÉTAIT INSCRIT UN DES VERSETS D'UNE ANCIENNE BIBLE, LE "LEMEGETON".
PARMI LES 72 DÉMONS DÉCRITS PAR LE ROI SALOMON, L'UN D'EUX PEUT ÊTRE INVOQUÉ EN PASSANT PAR DES SACRIFICES HUMAINS
(NDT : LEMEGETON : APPELÉ AUSSI "LES CLAVICULES DE SALOMON" EST UN TEXTE EN PLUSIEURS PARTIES ATTRIBUÉ AU ROI SALOMON. IL S'AGIT D'UN OUVRAGE DESTINÉ À CONJURER LES DÉMONS DE LA GOETIE ET À APPELER LES ANGES PROTECTEURS.)
ON L'APPELLE LE DEUXIÈME SOLEIL, OU ENCORE "LA FLÈCHE DE LUMIÈRE"
CONSIDÉRÉ COMME LA "FLÈCHE DE DIEU", IL GÎT EN CES TERRES

LE CHEF DES CHERCHEURS QUI TRAVAILLA SUR LE SITE TOP SECRET, NOMMA ALORS LA CRÉATURE QUI SOMMEILLAIT ICI...
ENTOTSU-CITY
QUELQUES ANNÉES APRÈS CETTE DÉCOUVERTE, LE GOUVERNEMENT DE STEA PRIT LUI-MÊME LA DIRECTION DES FOUILLES ET FIT LES RECHERCHES NÉCESSAIRES

IL L'APPELA : MEKISHIS
JIIIIII
CHAPITRE 16 :
MEKISHIS S'EST RÉVEILLÉ !!

CELA FAIT DÉJÀ QUATRE ANS QUE J'OCCUPE CE POSTE ICI, DEPUIS QUE J'AI ÉLIMINÉ L'ANCIEN GOUVERNEUR EN FAIT
FINALEMENT, UTILISER LES HABITANTS DE CETTE VILLE POUR CREUSER ET DÉCOUVRIR MEKISHIS, N'ÉTAIT PAS UNE MAUVAISE IDÉE
J'AI PU DEVENIR UN NOTABLE IMPORTANT DU GOUVERNEMENT DE STEA...
MAIS AUJOURD'HUI, CECI N'A PLUS VRAIMENT D'IMPORTANCE... GUHUHU...
HO HO HO
GLOU
CAR JE... JE VAIS BIEN... BIENTÔT DEVENIR UN DIEU !
GLOU
GLOU
GLOU

TOTOC
TOTOC
JIO, À TON TOUR D'OUVRIR LE SAC...
PAR CONTRE, CE QUE TU VAS TROUVER EST BIEN DIFFÉRENT DE TON ANCIEN BOOMERANG
CELUI-CI EST PLUS PUISSANT, COMME ANIMÉ DE VIE...
○○□△×
ET MÊME MIEUX
FROUP
FROUP
ÇA ALORS... !

HMM
M'ENFIN, ÇA VEUT DIRE QUOI ! IL EST CHANGÉ ET VIVANT, JE LE VOIS BIEN, MAIS QU'EST-CE QUE TU VEUX QUE J'EN FASSE !?
C'EST JAJAMARU, N'EST-CE PAS ?
TEHEUUU
BON, ON NE DEVRAIT PLUS ÊTRE DÉRANGÉS, MAINTENANT ...
HMM
PAAAF
...
MAIS QU'EST-CE QUE C'EST ?

C'EST VRAI QU'IL EST TRÈS DIFFÉRENT
IL A VRAIMENT UNE DRÔLE DE FORME, TU ES SÛR QU'IL VA VOLER ?
ÉCOUTE-MOI BIEN !
LA PARTIE O-PARTS DE TON BOOMERANG ÉTAIT LA PETITE PARTIE BLEUE...
J'AI DONC PRIS CET ÉLÉMENT ET JE L'AI MÉLANGE AVEC D'AUTRES POUR...
C'EST QUOI CE PETIT TROU, TROP BIZARRE !
TU ÉCOUTES QUAND ON TE PARLE, OUI ?!
IL EST EN POSITION FERMÉE, TU NE PEUX L'UTILISER COMME CELA
APPUIE DONC SUR LE PETIT BOUTON ICI
AH ?

CLIC
ON VA Y ALLER DOUCEMENT...
YAHAAA
SVOU
SHHHH

D'ACCORD...
VAS-Y, LANCE DONC TON BOOMERANG SUR CE GROS ROCHER
LIBÉRATION DU SPIRIT...
ACTIVATION DE L'EFFECT

TADA
GÉNIAL !
JIO, TOI TU ES DÉJÀ HABITUÉ AU MANIEMENT D'UN O-PARTS...
AVEC TA FORCE NATURELLE ET CE QUE J'AI PU T'APPRENDRE SUR LE MANIEMENT DU SPIRIT, TU DEVRAIS ÊTRE ENCORE PLUS FORT !
HUM

ICI ?
CLIC
SHLAC
CLIC
!!
OUAW, MAIS...
ÇA ALORS, ON SENT LA PUISSANCE JUSQU'ICI...
GLOUPS
IL EST EXACTEMENT CE QU'IL TE FALLAIT

BADABAM
JIII
SVOUSSHHH
EH, MAIS IL NE REVIENT PAS !
SVOUSHH
ÇA ALORS, IL A COUPÉ LE MONTICULE EN DEUX !
CRRACCC

パラ
パラ
...
BLAAMMMMM
JIIII
SVOUSHH

CRAAC
JIIIII
OH !
MA MAISON !
JE T'AVAIS DIT D'Y ALLER DOUCEMENT !
ABRUTI ! ABRUTI !
MAIS J'Y SUIS ALLÉ DOUCEMENT
...
SCHTACK
LE REVOILÀ, ENFIN !
ÇA ALORS, TON O-PARTS EST VACHEMENT PLUS PUISSANT QU'AVANT
COOL, SI JE LE PLIE, JE POURRAI LE RANGER LÀ-DEDANS...
HAAAA ?
LANCE DOUCEMENT !
IL Y A DEUX ÉNORMES TROUS DANS MA MAISON MAINTENANT !
ABRUTI !
MAIS JE TE RÉPÈTE QUE...

MAIS EN TOUT CAS, CES DEUX-LÀ...
SONT VRAIMENT DES GAMINS TRÈS INTÉRESSANTS
MON O-PARTS EST PLUS CLASSE, MEC !
TU RIGOLES, C'EST LE MIEN QUI ASSURE LE PLUS !
PLUS QUE JE NE L'AURAIS IMAGINÉ...
JE N'AURAIS JAMAIS PENSÉ QUE VOUS PUISSIEZ JOUER AVEC MOI AUSSI LONGTEMPS
HIHI
JE VOUS AI APPRIS TOUT CE QUE JE SAVAIS, LE RESTE, VOUS DEVREZ L'APPRENDRE TOUT SEUL !
À MOINS QUE VOUS NE PRÉFÉRIEZ ENCORE VOUS AMUSER AVEC MOI ?!
BON, SI NOUS ALLIONS MANGER UN MORCEAU ?
COOL, ON VA MANGER ! YO !
HOURRA !
J'ADORE LES CORNICHONS !
TU PARLES, ENCORE TES SALES LÉGUMES...

REPAIRE DE LA RÉSISTANCE
IL PARAÎT QUE LA LIBÉRATION DE L'O-PARTS N'EST PLUS QU'UNE QUESTION D'HEURES...
IL FAUT ABSOLUMENT INTERVENIR AVANT QU'IL NE SOIT TROP TARD... ON VA JOUER NOTRE DERNIÈRE CARTE
FAIRE UN COUP D'ÉTAT !
NO
OUT
JE VAIS D'ABORD M'INFILTRER DANS LA SALLE DE DIFFUSION DU GOUVERNEUR...
TV
CASSETTE VIDÉO
CENTRE DE DIFFUSION TÉLÉVISUELLE DU GOUVERNEMENT
TV
CASSETTE VIDÉO
TV
CASSETTE VIDÉO
AINSI, LA PREUVE DES EXACTIONS DU GOUVERNEUR SERA DIFFUSÉE SUR TOUTES LES TÉLÉVISIONS D'ENTOTSU

DANS LE MÊME TEMPS, IL FAUDRA COUPER LES ARRIVÉES ÉNERGÉTIQUES DE VAPEUR ÉMANANT DES QUATRE BLOCS DE LA VILLE D'ENTOTSU
BLOC B
BLOC A
BLOC C
BLOC D
DE CE FAIT, NOUS PRIVERONS LES FORCES GOUVERNE-MENTALES, DE LA PUISSANCE ÉNERGÉTIQUE QUI LEUR SERVIRA À DÉGAGER L'O-PARTS
PRÉPAREZ-VOUS !
ON DIRAIT QUE C'EST LE GRAND MOMENT...
OUAIS !
C'EST NOTRE DERNIÈRE CHANCE !
BONNE CHANCE À TOUS !

BAR
BAR
VOUS AVEZ BIEN COMPRIS ?
SI QUELQU'UN VOUS PARAÎT SUSPECT, ÉLIMINEZ-LE !
ON VA ÉLIMINER LA RÉSISTANCE UNE BONNE FOIS POUR TOUTES !

NO PROBLEMO, WISE ! ON SAIT BIEN QUE TU AS UNE DETTE ENVERS LES FORCES GOUVERNEMENTALES...
GRRR
PLAF
HEIN ?
TOC
FAIS GAFFE À CE QUE TU DIS, BINOCLARD !
A CAUSE DE TOI, J'AI DÛ ME DÉBARRASSER D'UN DE MES HOMMES...
PLIC
PLOC

TU M'ÉTONNES, C'EST TOI QUI VIENS DE LE TUER...
PLOTCH PLITCH
...
ALLEZ, AU BOULOT !
CHANTIER D'EXCAVATION DE MEKISHIS
CLONG

TAP
TU VEUX DIRE QUE CE SIÈGE SUR LA TÊTE DE MEKISHIS EST UNE SORTE DE POSTE DE PILOTAGE ?
CE N'EST PAS VRAIMENT DIGNE D'UN PERSONNAGE CLASSIEUX COMME MOI, VOUS NE PENSEZ PAS ?
PARDONNEZ-MOI, MAIS C'ÉTAIT LE STYLE DE L'ÉPOQUE...
CE N'EST RIEN, JE SUIS DE BONNE HUMEUR AUJOURD'HUI

MAIS C'EST QU'IL EST CONFORTABLE, EN PLUS...
GUHUHU, JE VAIS BIENTÔT DEVENIR L'ÉGAL DE DIEU !
GLOU GLOU
SSLLUURP
...
JE ME SENS BIEEEN !
AHA?
JE NE PEUX PLUS ATTENDRE, JE ME SENS TROP BIEEEEN !
AHA..
DÉPÊCHEZ-VOUS DE FINIR LES TRAVAUX ! VITE, VIIIITE !

CO... COMMENT, TU ES ENCORE LÀ !
DÉPÊCHE-TOI DE TERMINER LE TRAVAIL AVANT QUE JE NE TE TUE ! JE SUIS UN DIEU, NE L'OUBLIE PAS !
IL PARLE DE SON MÉDICAMENT ?
NON, IL PARLE D'UN SACRIFICE !
UN SACRIFICE ?
AMENEZ IMMÉDIATEMENT LE SPIRIT DRIVE !
LE SPIRIT DRIVE ?
MAIS NOUS N'AVONS PAS ENCORE FINI DE DÉGAGER MEKISHIS...
DÉPÊCHEZ-VOUS DE L'AMENER, SINON IL DEVIENDRA TRÈS DANGEREUX DE S'APPROCHER DE MAÎTRE JAGA !
JE VAIS TOUS VOUS TUER ! VOUS TUER ! VOUS TUER !
TAP
TAP
TAP TAP TAP

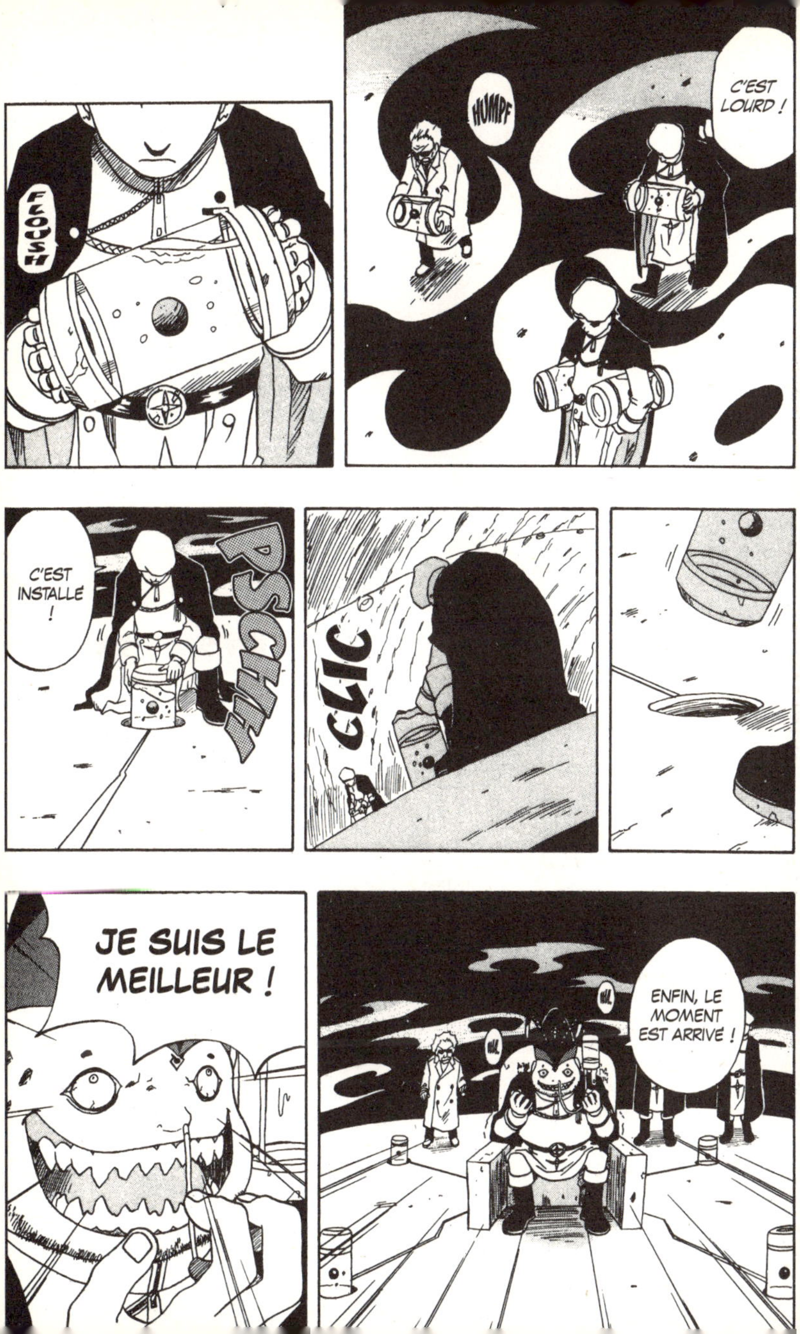
HUMPF
C'EST LOURD !
FLOUSH
CLIC
C'EST INSTALLÉ !
PSCHHH
ENFIN, LE MOMENT EST ARRIVÉ !
JE SUIS LE MEILLEUR !

ÉVEILLE-TOI, MEKISHIS !
HA HA HA
UN NOUVEAU DIEU VIENT DE NAÎÎÎTRE !
GLOU
PSCHHHHH
JE SUIS HEUREUX QUE LE SPIRIT ARTIFICIEL QUE J'AI FABRIQUÉ FONCTIONNE !
PERSONNE NE SAIT ENCORE QUE CETTE INVENTION EXISTE !
ÇA ALORS !!!
ÉVIDEMMENT, MEKISHIS, COMME TOUT O-PARTS, NE PEUT FONCTIONNER SANS SPIRIT
C'EST CELA, LE SACRIFICE QUE L'ON OFFRE À MEKISHIS !

HAAAAAA
IL BOUGE !
POK
BLORG
ZLORP
CRRCC
CRRCC

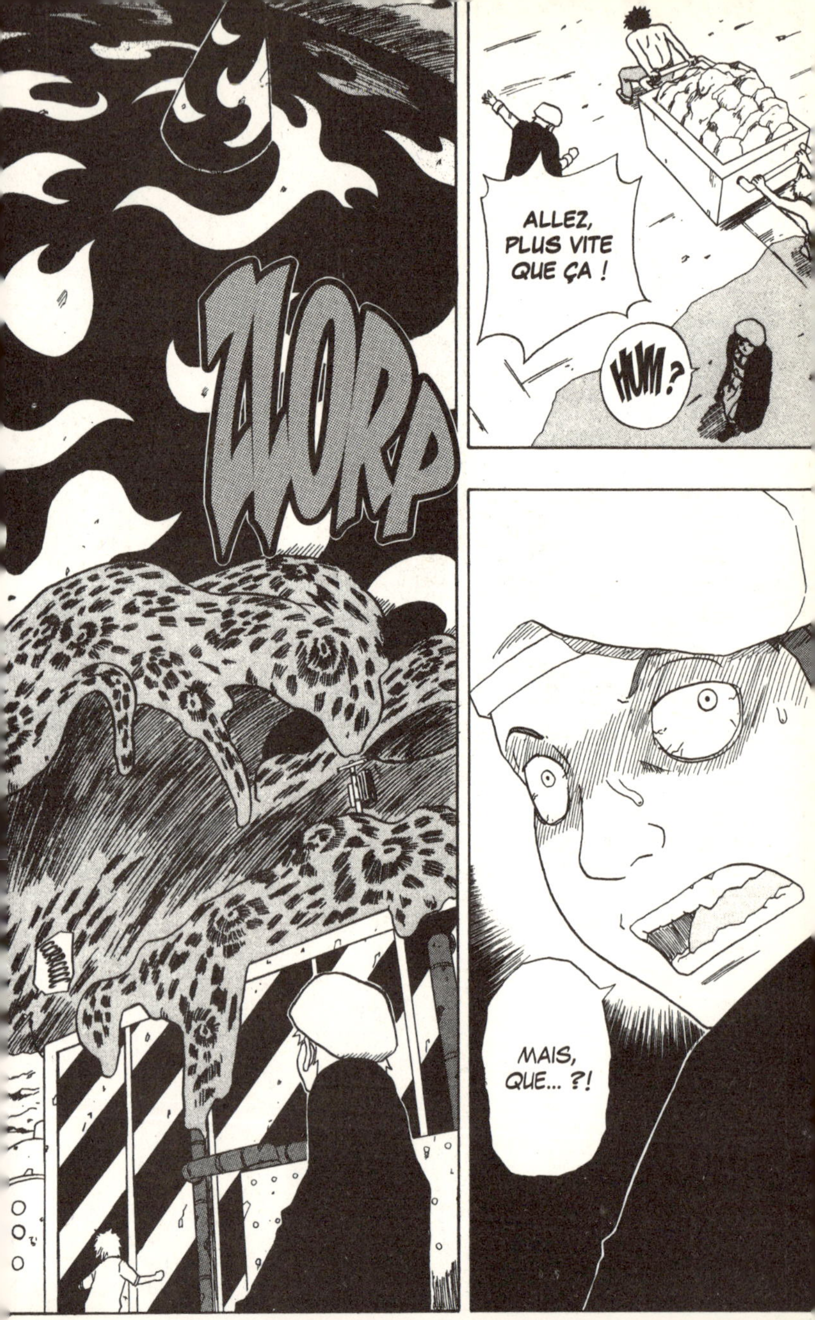
ALLEZ, PLUS VITE QUE ÇA !
HUM ?
MAIS, QUE... ?!
ZWORP

HU ?
ZLORP
SPLASH
FUYONS !
AU SECOURS !
NON, PITIÉ !
VOUS N'ÊTES QUE DES LARVES POUR MOI ! CONSIDÉREZ-VOUS HEUREUX D'AVOIR PU VIVRE JUSQU'À AUJOURD'HUI ! HAHAHA !

ALLONS UN PEU FAIRE UN TOUR EN VILLE, HISTOIRE DE SE DÉFOULER !
CRAC
DEMEURE DU GOUVER-NEUR
TU TRAÎNES, RUBY !
DÉPÊCHE-TOI CAR UTILISER CET EFFECT EST ÉPUISANT !
JE COMPRENDS, MAIS SI JE COURS, CELA RISQUE DE PARAÎTRE SUSPECT
TU ES INVISIBLE, CELA NE TE POSE PAS DE PROBLÈMES, MAIS MOI...

OH !
!!!
HÉ TOI, QU'EST-CE QUE TU FAIS ?
TAP TAP TAP
ARRÊTE DE RÊVASSER !
MEKISHIS EST EN TRAIN DE BOUGER, ON A DU PAIN SUR LA PLANCHE !
TAP TAP
MEKISHIS ?
TOP
HIHI
PLAF
OUILLE !
OOOHH...
BIZARRE, J'AI L'IMPRESSION D'AVOIR BUTÉ SUR QUELQUE CHOSE
LA HONTE
OH !
TU NE LE RÉPÉTERAS PAS AU CHEF, D'ACCORD ?
B... BIEN ÉVIDEMMENT
CE N'EST PAS LE MOMENT DE S'AMUSER, AMIDABA !

VRRRR
BLOCK A
A
1 2 3
TAP
TAP
TAP
VILLE D'ENTOTSU : BLOC A
A
ZOUP
OH !
VOUS ÊTES BIEN LOUCHES, VOUS...
VOUS NE SERIEZ PAS DE LA RÉSISTANCE, PAR HASARD ?
MAIS, VOUS ÊTES...

ZENOM !
QUE FAITES-VOUS ICI...
CLIC
ON NETTOIE

J'AI BIEN FAIT DE VOUS AMENER CES VÊTEMENTS DE LA CELLULE
VOUS NE COMPTIEZ TOUT DE MÊME PAS VOUS BALLADER TOUTE NUE, AMIDABA ?
LES CHASSEURS DE TRÉSORS SONT DES GENS DISTRAITS
TIENS, JE TE LE RENDS
JE SAIS QU'IL REPRÉSENTE ÉNORMÉMENT POUR TOI
DIS-MOI, RUBY, CE JIO, C'EST TON PETIT AMI ?
HÉ HÉ
VA VITE À SA RECHERCHE ! AVEC CES VÊTEMENTS, TU DEVRAIS POUVOIR TE DÉBROUILLER SEULE
ZUIP
MAIS NON, CE N'EST...
QU'ALLEZ-VOUS FAIRE ?
JE DOIS VÉRIFIER CERTAINES CHOSES AVANT
NOS CHEMINS SE SÉPARENT ICI
YEAH
FAIS ATTENTION. DE TOUTE FAÇON, L'ESPRIT DE ZECKT T'ACCOMPAGNE
VOUS AUSSI, AMIDABA ...
FAITES ATTENTION À VOUS !

BROOO
QUE SE PASSE-T-IL ?
MAIS ?
CLING CLONG
BROOOOO
AAAHHH
OHHHH !
CRRAACC
BRROOOOO
CCRRCC
BADAAM

AAA
AA
ZLOUSH

BRR
OOO

AHA
AHA
MOI LE NOUVEAU DIEU, ME VOICI PARMI VOUS, HAHAHAHA !
BRROOO
FUYONS !
MAIS QU'EST-CE QUE C'EST ?
BROOOOOO
AMIDABA, VOUS SAVEZ CE QUE C'EST ?
BON SANG, MAIS C'EST QUOI ÇA ?

LES INFORMATIONS PROVENANT DE STEA ÉTAIENT EXACTES, ALORS...
ILS ONT RÉUSSI À LE FAIRE BOUGER... ALORS LES RECHERCHES SUR LE SPIRIT ARTIFICIEL ONT RÉUSSI !!?
JE COMPTAIS RASSEMBLER D'AUTRES INFORMATIONS, MAIS...
LA SITUATION EST DEVENUE AUSSI TORDUE QUE MES PRÉDICTIONS
RUBY, IL FAUT D'ABORD S'ÉLOIGNER D'ICI !
ENCORE ?!
DEMEURE DU GOUVERNEUR
TAP
TAP
TAP
TAP

CE TREMBLEMENT DE TERRE... SE POURRAIT-IL QUE... ?
NON CE N'EST PAS POSSIBLE... ÇA NE PEUT PAS ÊTRE ÇA !
LES AUTRES FONT DE LEUR MIEUX, JE NE DOIS PENSER QU'À EUX ET À MA MISSION !
ARGHH !
TAP
JE ME DOUTAIS BIEN QUE VOUS ÉTIEZ DE LA RÉSISTANCE
HÉ

QUAND JE PENSE QU'ON BOSSE...
... POUR LES FORCES GOUVERNEMENTALES... FRANCHEMENT...
HUM ?
L'O-PARTS VIENT D'ÊTRE ACTIVÉÉÉ
FAITES ATTENTION DE NE PAS VOUS EN APPROCHEEER !
TU VEUX DIRE QUE LE TREMBLEMENT DE TERRE DE TOUT A L'HEURE... ? INTÉRESSANT
LEADER, NOUS AVONS ÉCHOUÉ, TOUT EST PERDU...
QU'ALLONS-NOUS DEVENIR ?

C'EST QUOI CE TREMBLEMENT DE TERRE ?
MAIS...
TOTOL
TOTOL
PENDANT CE TEMPS, DANS LA DEMEURE DE KIRIN
DIRE QU'ON A PAS ENCORE EU LE TEMPS DE MANGER...
MAIS ALORS, IL FAUT FAIRE VITE !
HEIN ?
IL A DÛ SE PASSER QUELQUE CHOSE DANS LA VILLE
TU NE VIENS PAS AVEC NOUS, KIRIN ?
JE NE VOIS PAS POURQUOI JE VOUS SUIVRAIS, ET EN PLUS, JE N'EN AI PAS ENVIE
AU DERNIER ÉTAGE DE LA MAISON, IL Y A MA DERNIÈRE INVENTION "WARP BOY" !
ELLE VOUS PERMETTRA DE RETOURNER DIRECTEMENT EN VILLE !

SI EN PLUS, ON SAVAIT QUE KIRIN SE TROUVE EN VILLE, CELA POURRAIT AGGRAVER LA SITUATION !
ÇA ALORS, IL EST TOUJOURS AUSSI DIRECT ET CHARMANT
AH,
N'OUBLIEZ PAS DE ME RENDRE LES SACS, ILS SONT À MOI !
TIENS, C'EST VRAI, J'AVAIS OUBLIÉ QUE JE LE PORTAIS
EXACT, MEC !
OUAH, JE ME SENS TOUT LÉGER !
J'AI L'IMPRESSION QUE JE POURRAIS MÊME M'ENVOLER, MAN !
FLAP
FLAP
PLAF
ÇA SIGNIFIE DONC QUE VOUS ÊTES DEVENUS PLUS RAPIDES ET PLUS FORTS

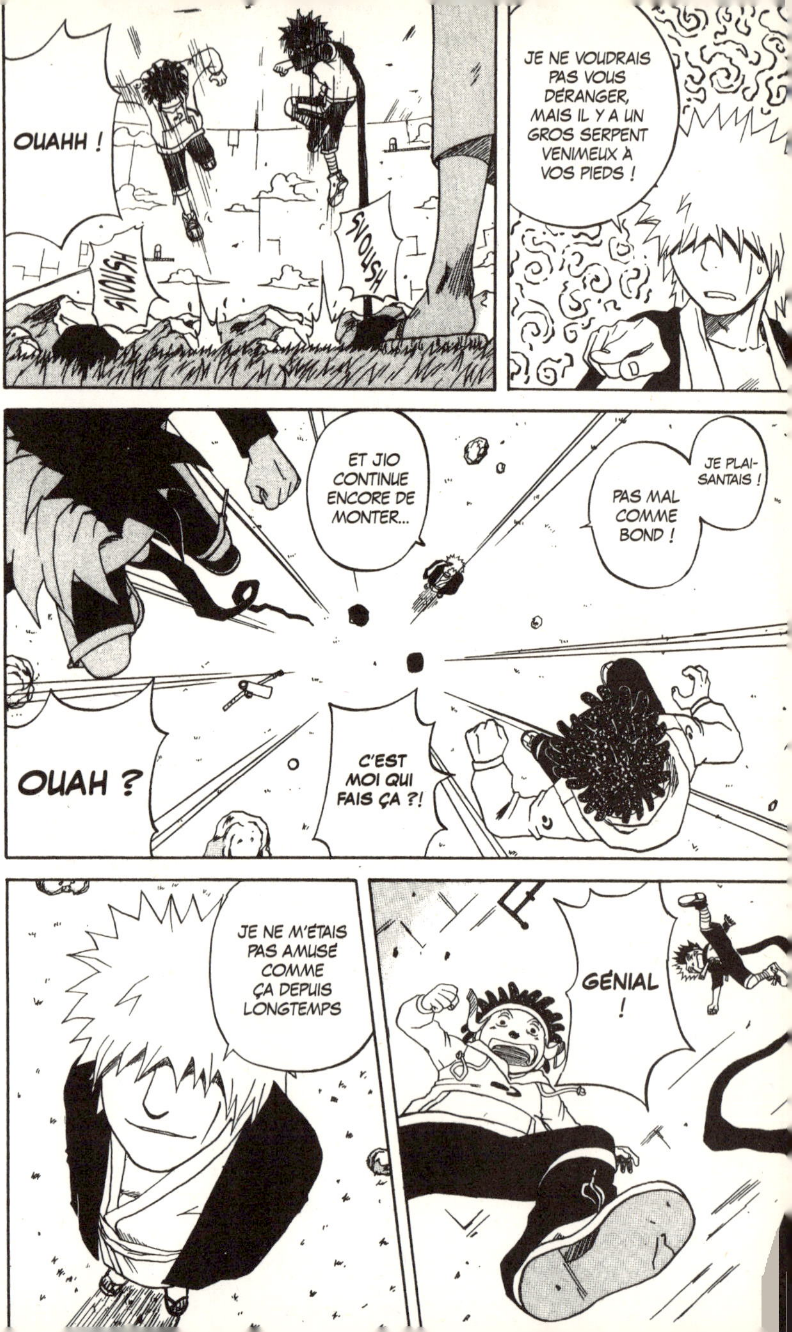

JE NE VOUDRAIS PAS VOUS DÉRANGER, MAIS IL Y A UN GROS SERPENT VENIMEUX À VOS PIEDS !
OUAHH !
SWOUSH
SWOUSH
JE PLAI-SANTAIS !
PAS MAL COMME BOND !
ET JIO CONTINUE ENCORE DE MONTER...
C'EST MOI QUI FAIS ÇA ?!
OUAH ?
GÉNIAL !
JE NE M'ÉTAIS PAS AMUSÉ COMME ÇA DEPUIS LONGTEMPS

ALORS À NOUS DE NOUS AMUSER, MAINTENANT !
SHLAF
SHLAF
EH BIEN, QUE DE VISITES CES DERNIERS TEMPS !
C'EST... !?
QUI SONT-ILS ?
PLAF
PLAF
VOILA DONC LES GAMINS QUI EN ONT FAIT BAVER À WISE... ?
ILS ONT L'AIR BIEN BÊTE POURTANT
ET TOI, TU SERAIS KIRIN ?
J'AURAIS VRAIMENT CRU QUE LES ÉPREUVES POUR VENIR JUSQU'À TOI, SERAIENT PLUS DIFFICILES...

QUOI QU'IL EN SOIT, VOUS ÊTES MORTS !
BALL, JIO, DÉPÊCHEZ-VOUS DE REPARTIR, JE M'OCCUPE DE CES TROIS-LÀ !
D'ACCORD !
MAIS ?
ATTENTION, CE SONT DES O.P.T. DE ZENOM !
PAUVRE TYPE, NE NOUS SOUS-ESTIME PAS !
CLIC
CLIC
OHHH, TU VEUX TE BATTRE À 3 CONTRE 1 ?
OUI, J'ESPÈRE JUSTE QUE VOUS SUFFIREZ À ME DISTRAIRE

TAP TAP TAP TAP
DHANG
RANG
RESTEZ ICI, LES GAMINS !
SVOUCH
SCHTACK
CLANG
CLING
C'EST AVEC MOI QUE VOUS AVEZ À FAIRE !
JE VAIS ACTIVER MON EFFECT POUR LE PROCHAIN COUP, ET TOI TU CROIS P'TET QUE TU N'EN AURAS PAS BESOIN CONTRE NOUS ?
DOMMAGE, MAIS CE SABRE N'EST PAS UN O-PARTS...

*NDT : LA LAME DE L'ULTIME FLORAISON

HAHAHA, QUE COMPTES-TU FAIRE CONTRE 3 O.P.T. DE ZENOM COMME NOUS AVEC TON ÉPÉE RINGARDE !!
RATATAR
EFFECT ACTIVÉ ! À MORT !
SWOUSH
SWOUSH
RATATATATA
ZIOU

KATA TA TA TA TA
BANG
BANG
BANG
BANG
BANG
PIIING
PIIING
PSCHHHHH

IL DOIT RESSEMBLER À UN MORCEAU DE GRUYÈRE....
SHUUU
GRAT GRAT
ÇA ALORS, ON NE L'A MÊME PAS TOUCHÉ !
POURTANT NOS BALLES DE MANIPULATION SONT FAITES POUR TOUCHER LEUR CIBLE OÙ QU'ELLE SE TROUVE !
TAP TAP
CE N'EST PAS CROYABLE !
LA FLORAISON DE MA LAME...
SIGNERA VOTRE PERTE !
CLIC
MERDE ! BUTEZ-LE !
RATATATA
ZAF

SHÛ...
SHUN...
ADIEU !
TÔ !
KA...
QUI VOUS A DIT QUE J'ÉTAIS UN O.P.T. ?
CLIC
COMMENT... A-T-IL PU NOUS VAINCRE... SANS MÊME AVOIR UTILISÉ... UN EFFECT... ?

CHAPITRE 17 : LA PUISSANCE DE DIEU

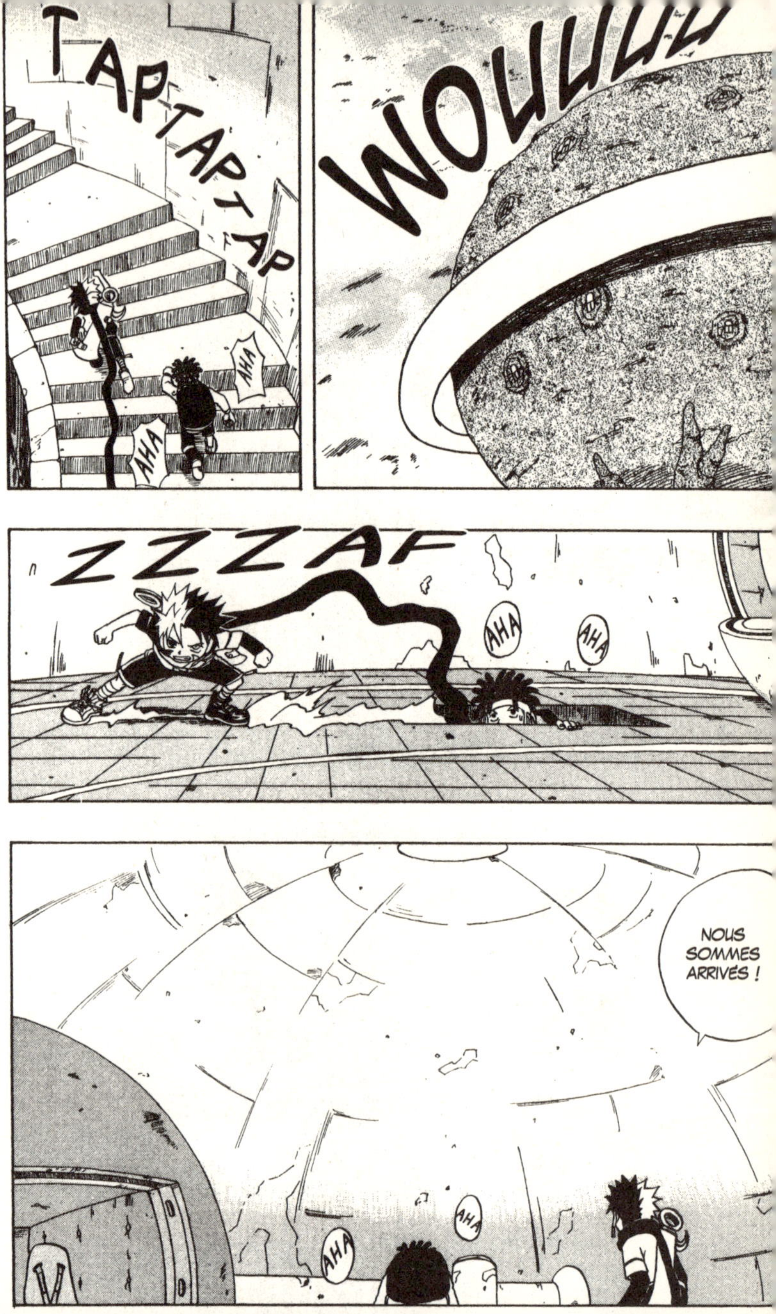
WOUUUUU
TAPTAPTAP
AHA
AHA
ZZZAF
AHA
AHA
NOUS SOMMES ARRIVÉS !
AHA
AHA

CE DOIT ÊTRE LE "WARP BOY" DONT PARLAIT KIRIN
BALL, DÉPÊCHONS-NOUS DE MONTER !
OK !
J'AI COMME UN MAUVAIS PRESSENTIMENT...
AHA
J'AI L'IMPRESSION D'AVOIR DÉJÀ VU ÇA...
AHA
CLIC
CLIC
BALL, MAIS POURQUOI AS-TU PRIS CE SAC AVEC TOI ? TU ES VRAIMENT DISTRAIT
KIRIN NE M'A PAS DONNÉ DE SAC POUR RANGER MON O-PARTS, ALORS J'AI PRIS CELUI-LÀ, MEC !

J'ESPÈRE SURTOUT QUE TOUT VA BIEN POUR KIRIN, IL AFFRONTE QUAND MÊME TROIS O.P.T. DE ZENOM
TU VEUX PARLER DE LA PIERRE POUR LES CORNICHONS ?
C'EST UN O-PARTS, TU ENTENDS ?!
CE N'EST PAS LE MOMENT DE SE FAIRE DU SOUCI POUR LUI. IL FAUT ABSOLUMENT RETOURNER DANS LA VILLE !
JE NE SAIS PAS QUI ÉTAIENT CES HOMMES,
MAIS JE PENSE QUE KIRIN S'EN SORTIRA... PEUT-ÊTRE...
CLANG
JIIII
JE SUIS SÛR QUE JE NE VAIS PAS AIMER...
OUIN
SUPER, JE SUIS SÛR QUE C'EST TROP BIEN DE SE TÉLÉPORTER !
ÇA SE DÉCLENCHE AVEC LA CEINTURE... ?

PLOC
PLOC
BROOO
CLONG
ENFIN, IL EST DÉGAGÉ...
QUE...

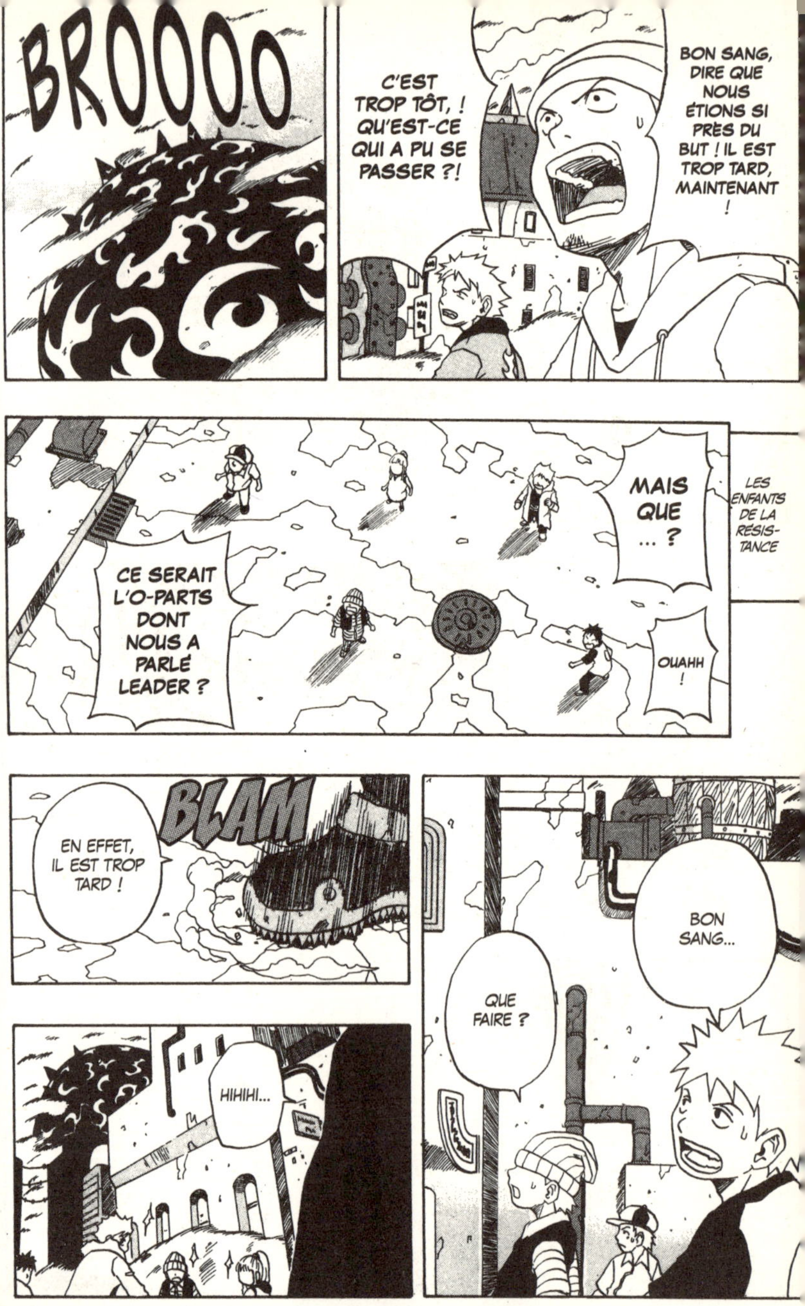
BON SANG, DIRE QUE NOUS ÉTIONS SI PRÈS DU BUT ! IL EST TROP TARD, MAINTENANT !
C'EST TROP TÔT, ! QU'EST-CE QUI A PU SE PASSER ?!
BROOOO
MAIS QUE ... ?
LES ENFANTS DE LA RÉSISTANCE
OUAHH !
CE SERAIT L'O-PARTS DONT NOUS A PARLÉ LEADER ?
BON SANG...
QUE FAIRE ?
BLAM
EN EFFET, IL EST TROP TARD !
HIHIHI...

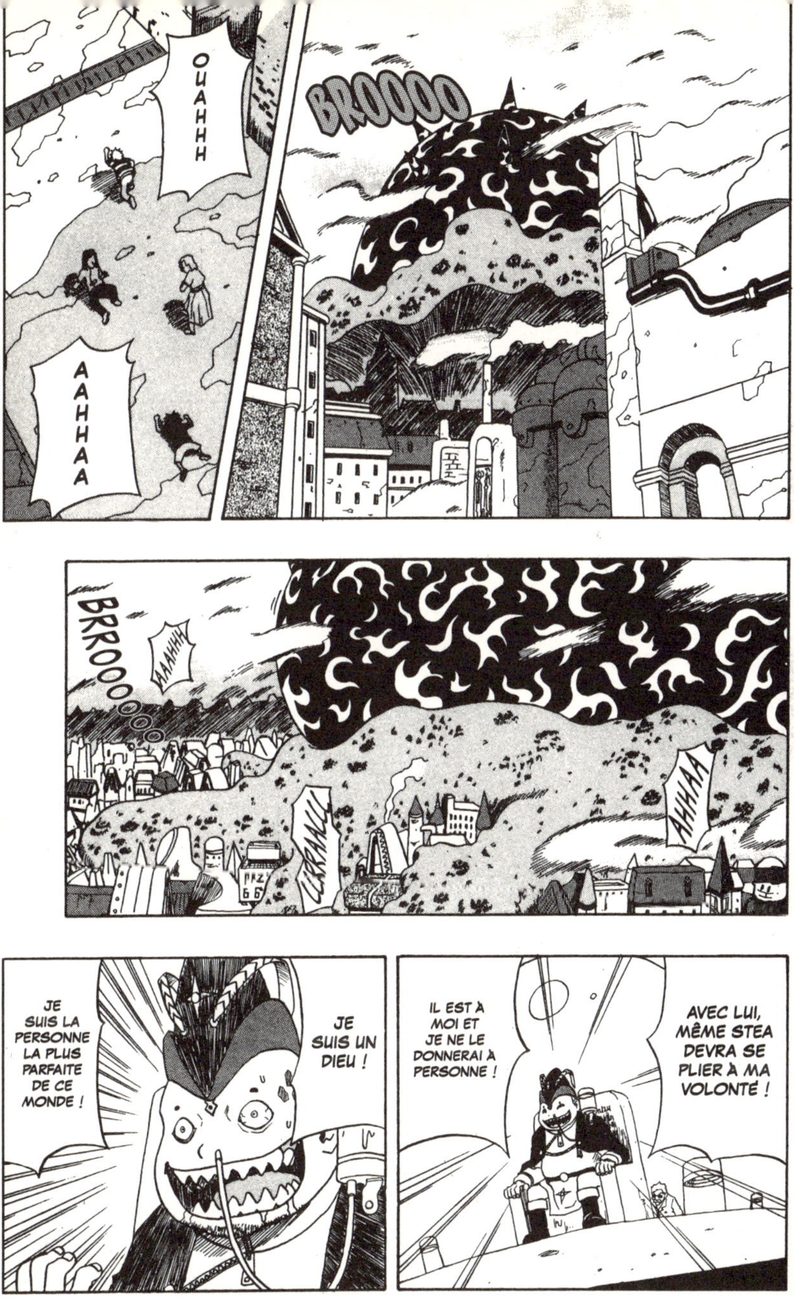
BROOOO
OUAHHH
AAHHAA
BRROOOOOOO
AAAHHH
AHHAA
CLRRAACLL
AVEC LUI, MÊME STEA DEVRA SE PLIER À MA VOLONTÉ !
IL EST À MOI ET JE NE LE DONNERAI À PERSONNE !
JE SUIS UN DIEU !
JE SUIS LA PERSONNE LA PLUS PARFAITE DE CE MONDE !

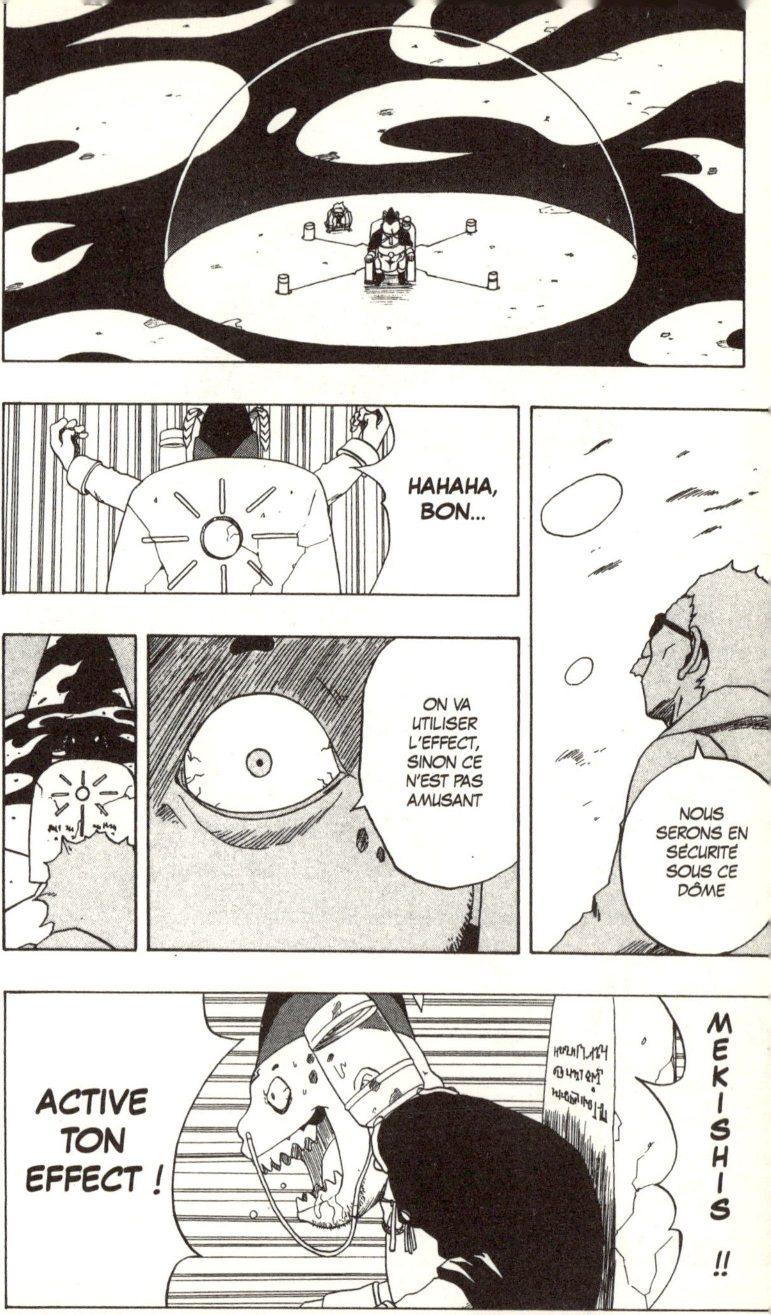
NOUS SERONS EN SÉCURITÉ SOUS CE DÔME
HAHAHA, BON...
ON VA UTILISER L'EFFECT, SINON CE N'EST PAS AMUSANT
ACTIVE TON EFFECT !
MEKISHIS !!

BRROOO
SHLOF
BROOOOOO
SLOUP
MAIS QUE ... ?

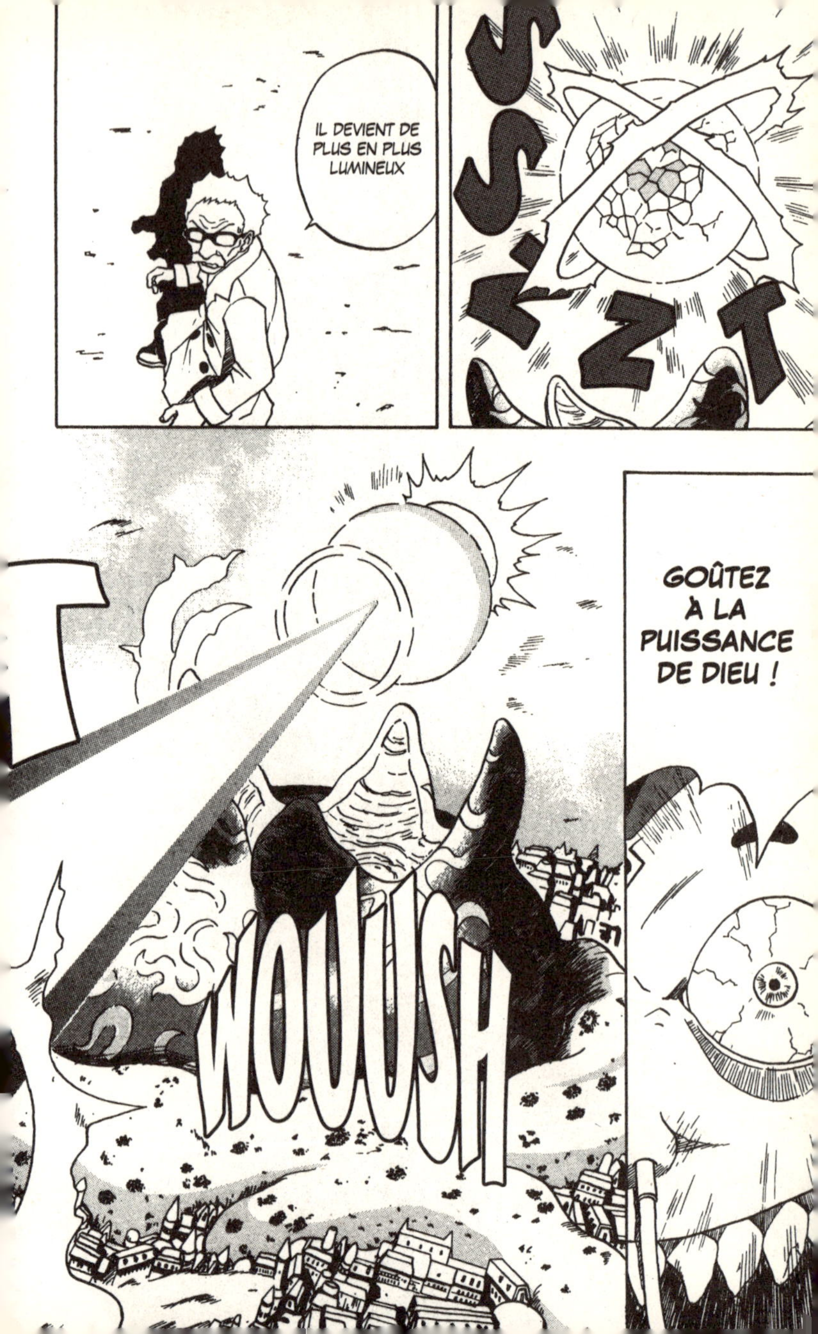
IL DEVIENT DE PLUS EN PLUS LUMINEUX
GOÛTEZ À LA PUISSANCE DE DIEU !
WOUUSH

HIHIHIHI
HIHIHI

SAAH H
JE SUIS UN DIEU, UN DIEU !
JE SUIS DEVENU L'ÉGAL DE DIEU ! HAHAHA !
JE VAIS POUVOIR DEVENIR LE MAÎTRE DU MONDE !
INCROYABLE, L'ÉNERGIE DÉVELOPPÉE PAR CE RAYON LUMINEUX EST PHÉNO-MÉNALE !!
OUARGH !

WOUUUU
JE PRIE POUR QU'ON REVIENNE EN VILLE, SAINS ET SAUFS !
HÉ HÉ
CLICLIC
CLANG
CLAC

SHU
TU N'AS PAS À T'INQUIÉTER PUISQUE C'EST LE CHEF-D'ŒUVRE DE KIRIN.
WARP WARP ♪
WARP WARP ♪
C'EST JUSTEMENT CE QUI M'INQUIÈTE !
BO
NG

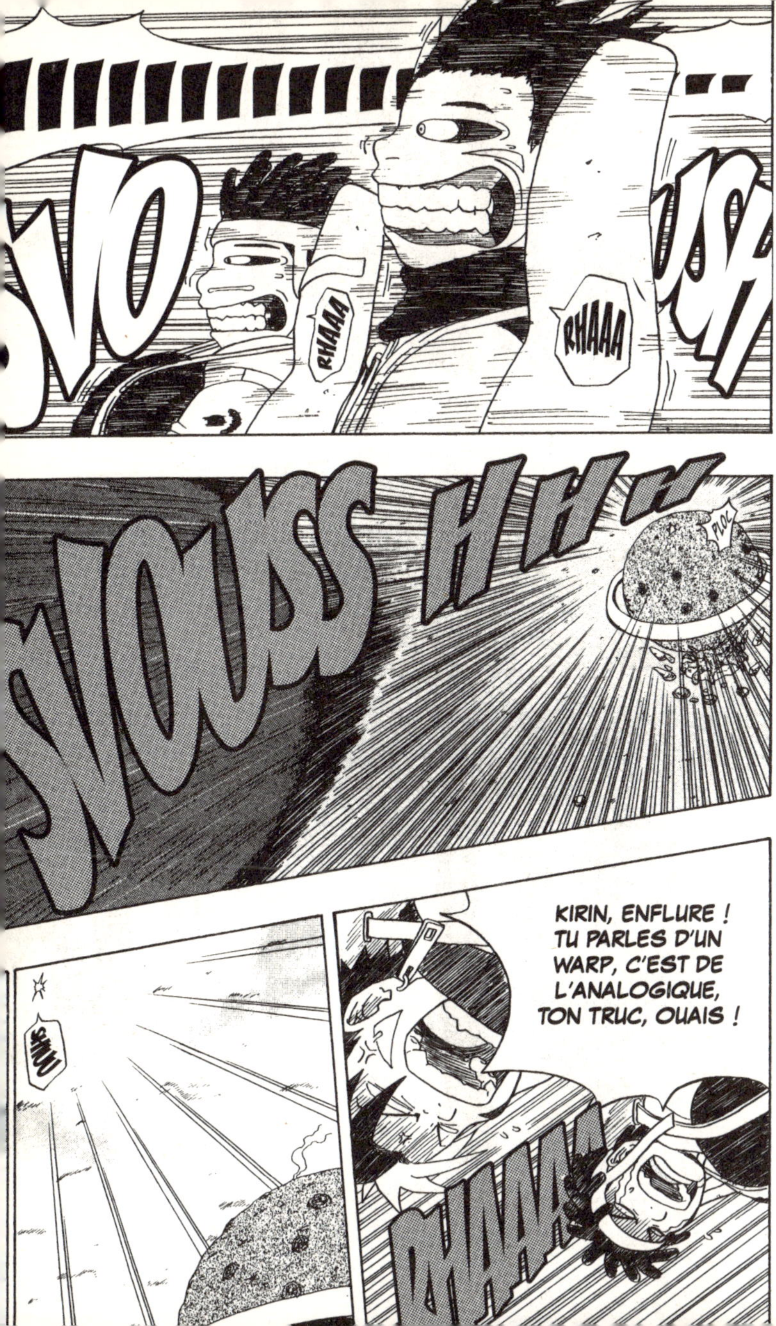
RHAAA
RHAAA
PLOC
KIRIN, ENFLURE ! TU PARLES D'UN WARP, C'EST DE L'ANALOGIQUE, TON TRUC, OUAIS !

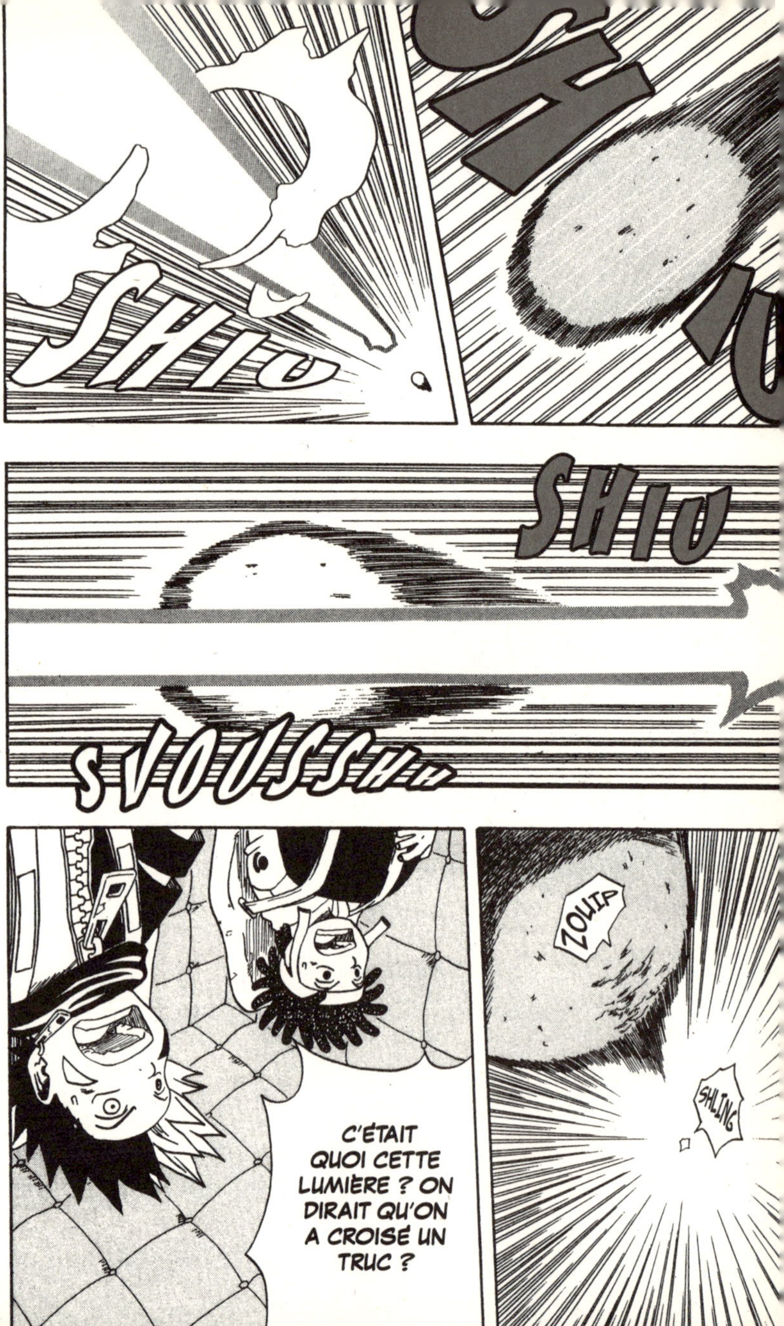
SHIU
SHIU
SHIU
SVOUSSHH
ZOUIP
SHLING
C'ÉTAIT QUOI CETTE LUMIÈRE ? ON DIRAIT QU'ON A CROISÉ UN TRUC ?

ÇA FAISAIT BIEN LONGTEMPS QUE JE N'AVAIS PAS FAIT UN PEU D'EXERCICE...
QUAND JE PENSE QU'ILS VOULAIENT QUE JE LES ACCOMPAGNE JUSQU'EN VILLE
ILS AURONT ÉTÉ CULOTTÉS JUSQU'AU BOUT...
GLOU GLOU
QUE CE SOIT ZENOM OU LE GOUVERNEMENT,
J'AI AUCUN INTÉRÊT À ALLER FOURRER MON NEZ LÀ-DEDANS
BON, SI JE MANGEAIS UN PETIT MORCEAU
JE PENSE QUE LES LÉGUMES SAUMURÉS DE LA HUITIÈME JARRE DOIVENT ÊTRE À POINT

SWOUSH
CRAAC
BAM

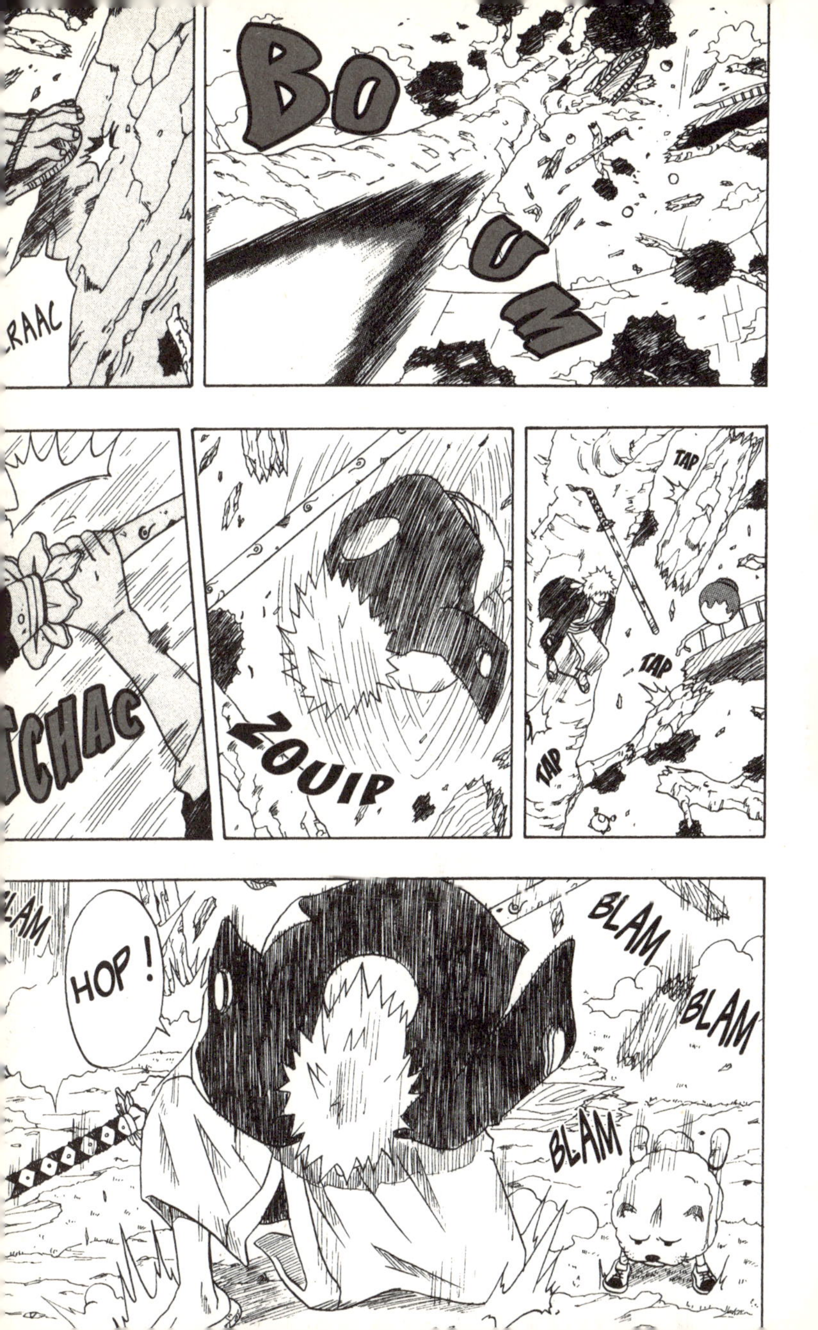
BOUM
RAAC
TAP
TAP
TAP
ZOUIP
TCHAC
BLAM
BLAM
BLAM
HOP !
LAM

CLING
CLING !
CLING !
OHHH !
MES... MES...
MES LÉGUMES !
GRR
GRR

UN TROU DANS LE MUR...
CELA VENAIT DE LA VILLE
GRRR
OUPS
LAP
ASSIS !
JAJAMARU, JE CROIS QU'UN P'TIT TOUR EN VILLE S'IMPOSE !
TU VIENS ET PAS LA PEINE DE RÂLER !
M...
MHHHH

BRROOOOOOO
AHA...
AHA...
ARGH
AHA...
AHA...
CRRCC
CRRCC
ÇA ALORS, MAÎTRE JAGA...
N'A PAS HÉSITÉ À NOUS TUER NOUS AUSSI...
AHA...
AHA...
AHA...
AHA...
CE N'EST PAS UN O-PARTS,
MAIS UNIQUEMENT UN MONSTRE QUI DÉTRUIT NOTRE VILLE

VOUS N'ESSAYEZ PAS DE FUIR LES MÔMES ?
AHA...
OOHH
AHA...
ET MINCE !
AHA...
AHA...
IL EST NORMAL QUE VOUS FINISSIEZ ÉCRASÉS PAR CE MONSTRE !
VOUS TOUS, N'ÊTES BONS QU'À RAMPER ET REGARDER LE SOL...
SHING

MÊME SI JE CROIS QUE JE VAIS VOUS ÉCRASER AVANT LUI, EN FAIT !
TOC
VOUS ALLEZ REGRETTER D'AVOIR ATTIRÉ MON ATTENTION, JE VOUS LE DIS !
GRR

BANGG
GRRRR
ATTEN-TION !
WOUUSH
JE VAIS VOUS ÉCLATER, VOUS DÉTRUIRE, VOUS EXPLOSER, VOUS RATATINER, VOUS PULVÉRISER !

MINCE, ON VA SE FAIRE ÉCRA-SER !
C'EST EXAC-TEMENT CE QUE JE VIENS DE DIRE !
DAM
ECRARGL !...

HMM ?
BA

C'EST QUOI ÇA ?
MAIS QU'EST-CE QU'IL SE PASSE À LA FIN ?
PLIC
PLOC
JIIIIII
TEHEU TEHEU
IL Y A QUELQU'UN À L'INTÉRIEUR !
FAITES ATTENTION !
TAP
TAP

NOUS SOMMES ARRIVÉS EN VILLE !
TEHEU TEHEU !
JIO !
BALL !
C'EST VRAIMENT VOUS ?!
TAP TAP

MAIS QUE S'EST-IL PASSÉ ICI ?
SALUT MEC !
C'EST QUOI CETTE GROSSE BALLE ?
MA TÊÊTE...
NE PARLEZ PAS TOUS EN MÊME TEMPS !
EN TOUT CAS, ON PEUT DIRE QUE VOUS NOUS AVEZ FAIT FAIRE DU SOUCI, TOUS LES DEUX !
HÉ HÉ
AÏE !
VOUS AVEZ RENCONTRÉ KIRIN ?
BEUH
BEUH
?
BLEUWAHH
BLEUARGH
OUAH, MAIS C'EST DÉGOÛTANT ! C'EST TOUT CE QUE VOUS AVEZ À NOUS RÉPONDRE ?
BLEUU
AHA...
AHAAA
OH!
MAIS C'EST ÉNORME !

BROOOOOO
C'EST QUOI, CE MACHIN ?
JE PENSE QUE C'EST L'O-PARTS DONT PARLAIT LE LEADER
ÇA VEUT DIRE QU'IL EST MANIPULÉ PAR LES HOMMES DE ZENOM !
JE NE SAIS PAS, MAIS UNE CHOSE EST SÛRE : SI CE N'ÉTAIT PAS UN O.P.T. QUI LE DIRIGEAIT, IL NE BOUGERAIT PAS
GRRR
BON, JE RETOURNE À LA MAISON DU GOUVERNEUR AFIN DE RETROUVER RUBY !
OK, JE M'OCCUPE DES AUTRES !

À PLUS !
ZOU
JIO !
QUE LE BEAT SOIT AVEC TOI !
ET GARDE LE FLOW !
ZOUF

GRR !
ARRÊTE DE ME CHIPER MES RÉPLIQUES !
TAP
TAP
TAP
ZOUIP

IL EST REPARTI...
FAIS ATTENTION À TOI, JIO...
FRÉROT, TU POURRAIS RÉPONDRE À NOS QUESTIONS, MAINTENANT !
GLOUPS
TU AS VRAIMENT RENCONTRÉ KIRIN ?
BIEN SÛR QUE JE L'AI VU...
IL EST COMME LE DIT LA RUMEUR. C'EST UN VRAI MONSTRE ET IL A FAILLI NOUS DÉVORER TOUT CRU !
MAIS JE LUI AI LATTÉ SA GRANDE BOUCHE !
HAHAAAAAA
ARRÊTE DE FAIRE PEUR À TA PETITE SŒUR, ANDOUILLE !
SCHTOC
AÏE !
...

MOI, SAUVÉ ?
EN FAIT, NOUS ÉTIONS POURSUIVIS PAR ZENOM
MAIS TU NOUS AS SAUVÉS !
HEY ! MAIS J'AI VRAIMENT RENCONTRÉ KIRIN, QUOI !
BIEN SÛR...
SI VOUS N'AVIEZ PAS ATTERRI SUR LUI, ON SERAIT MORTS !
ZOUF
HUM ?
C'EST VRAI, J'AI EU L'IDÉE DE FAIRE ÇA POUR VOUS SAUVER !
HAHA...
ÇA N'A PAS ÉTÉ FACILE, MAIS ÇA A MARCHÉ !
HEUM ...

CK
AC
QUI A ÉTÉ ANÉANTI ?
OUAH, MAIS QUI C'EST LUI ?
VOUS M'AVEZ MIS EN COLÈRE...
JE VAIS VOUS ARRACHER LE CŒUR !
OUAHHH
MAIS J'AI RIEN FAIT, MOI !

MAIS ?
C'EST QUOI LE PROBLÈME ?
ARGH
MAIS, QUE...
PLIC PLIC
T... TOI ?
ARGH
SQUITCH
PLAF

MAIS QUELQU'UN VIENT DE NOUS SAUVER ! CHOUETTE !
SHLOP
TU RÊÊÊVES...
CE TYPE ÉTAIT TROP MAUVAIIIS POUR FAIRE PARTIE DE ZENOM...
MAINTENANT, C'EST MOI, VOTRE ADVER-SAIIIRE !
SLURP
PLIC
PLIC
MUSESHIS !
LE BRAS DROIT DU MAGICIEN POURPRE !
IL FAIT PARTIE DE L'ÉLITE DE ZENOM, PAS VRAI ?!

CLING CLING
MINCE, ON EST DANS LA MOUISE ET JIO QUI N'EST PAS LÀ !
C'ÉTAIT BIEN LE MOMENT DE SE FAIRE REMARQUER PAR CE MALADE !
GNÉ
HIII !
CALME-TOI, MAN ! APRÈS TOUT, T'ES UN O.P.T., TOI AUSSI...
JE PEUX... JE PEUX LE FAIRE !
ALLEZ, ACTIVATION DU SPIRIT !

TIENS ?
JIIIN
BALL, NE RESTE PAS PLANTÉ LÀ, IL FAUT FUIR !
CLING
CLING
IL NE SE PASSE RIEN...
BALL, VIENS !
POURQUOI EST-CE QU'IL NE SE PASSE RIEN ?
666~SATAN~ VOLUME 4 / FIN

SEISHI ET SON AUTO-RADIO

SEISHI ET SA MAMAN

CATALOGUE DES O-PARTS (4)

O-PARTS : COOL BALL
(PIERRE POUR LES LÉGUMES)
CLASSE O-PARTS : C
EFFECT : MAGNÉTISME
C'EST L'O-PARTS DE BALL QUI EST ENFIN DEVENU UN O-P-T. CETTE BOULE EST QUASI INDESTRUCTIBLE. SELON SON UTILISATION, CET O-PARTS PEUT S'AVÉRER TRÈS PUISSANT...

O-PARTS : L'OS DE LOUP
CLASSE O-PARTS : D
EFFECT : DÉPLACEMENT INSTANTANÉ.
ON N'EN SAIT PAS PLUS MAIS IL SEMBLE QUE CE SOIT VRAIMENT L'OS D'UN LOUP. C'EST PEUT-ÊTRE UN OS DE ZÉRO...

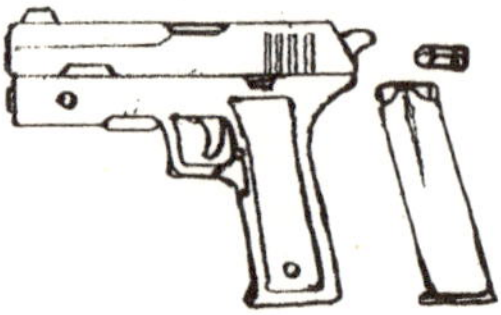

O-PARTS : HORNET
CLASSE O-PARTS : C
EFFECT : MANIEMENT DES BALLES QU'IL ENVOIE.
UNE FOIS LA CIBLE LOCALISÉE, LES BALLES SUIVENT CELLE-CI JUSQU'À SA DESTRUCTION. LA CIBLE NE PEUT SURVIVRE ET EST POURSUIVIE COMME PAR UN ESSAIM DE GUÊPES...

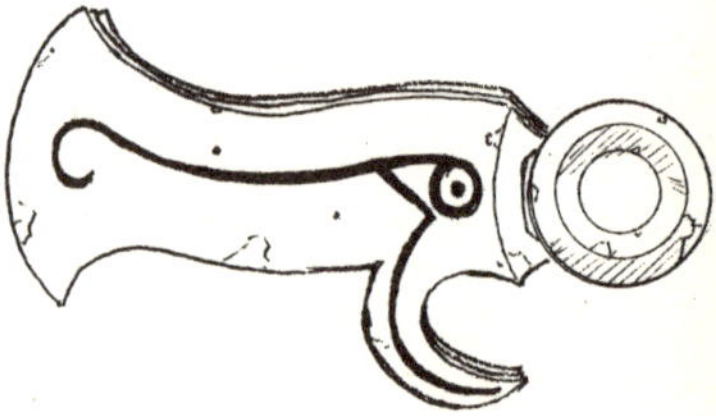

O-PARTS : ZÉROSHIKI (CUSTOM)
CLASSE O-PARTS : B
EFFECT : TRIPLE ÉNERGIE ?
C'EST L'O-PARTS QUE KIRIN A RÉPARÉ POUR JIO. IL EST BIEN PLUS PUISSANT QUE L'ANCIEN MODÈLE. IL VOLE PLUS LOIN ET PEUT ÊTRE UTILISÉ COMME BOUCLIER. IL A AUSSI UNE AUTRE PARTICULARITÉ...

O-PARTS : SPIRIT DRIVE
C'EST UNE REPRODUCTION ARTIFICIELLE DU SPIRIT QUE POSSÈDENT LES O-P-T. CETTE INVENTION EST ENCORE TRÈS MYSTÉRIEUSE...

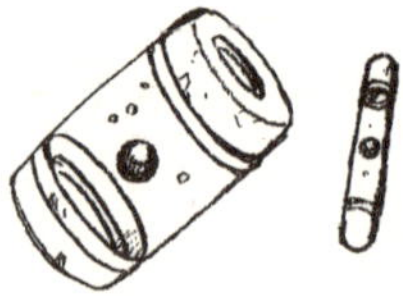

O-PARTS : HUNG
CLASSE O-PARTS : C
EFFECT : MODIFIE LA STRUCTURE MOLÉCULAIRE
O-PARTS UTILISÉ PAR MUSESHI, DE ZENOM. EXTRÊMEMENT PUISSANT, IL PEUT MÊME DÉCOUPER LES OS DU SQUELETTE...

TITRE ORIGINAL :
SATAN 666 (VOLUME 4)

COLLECTION DIRIGÉE PAR :
GRÉGOIRE HELLOT

TRADUCTION :
PIERRE GINER

LETTRAGE :
GB ONE

ISBN : 2-351-42058-6

Dépôt légal : Avril 2006

KUROKAWA - 12, avenue d'Italie - 75627 Paris cedex 13
Tel : 01 44 16 05 00

Imprimé en France par Hérissey